KB138884

한 잔만 더 마실게요

한 잔만 더 마실게요

어쩌다 보니 17년,
한 소심한 디제이의 술집 운영 분투기

정승환 지음

나무연필

들어가며

이 책은 술집을 운영하면서 쓴 일기를 토대로 한 자전적 에세이다.

가장 중요한 고민은 자영업자로서의 삶을 담아야 하는가, 아니면 오직 술 마시는 사람들의 이야기에 집중해야 하는가의 문제였다. 결론부터 말하자면 둘 다 포기할 수 없었다. 술꾼들의 에피소드가 분명 더 흥미롭지만, 장사꾼으로서의 경험과 시각을 줄일수록 글의 개성도 함께 사라져버렸기 때문이다. 따라서 이 가게를 찾은 손님들에 대한 이야기로 이루어진 술집 운영기를 쓰게 되었다.

술 마시는 사람들에 대한 우스운 일과 웃지 못할 일들을 적었다. 영업 시작이 오후 7시이므로 주로 밤에 벌어지는 일이다. 모두 실제로 있었던 일이다. 하지만 본인에게 있는 그대로 써도 좋다는 허락을 받지 못하거나 또는 당사자가 누군지 기억나지 않는 경우가 너무 많았기 때문에 이름이나 시간과 사건을 바꾸어 재배치해야만 했다. 아울러 서사의 진행을 위해 몇몇 중요한 인물들을 부각시켰을 뿐, 애초에 인물 간의 갈등을 다루는 드라마를 만들겠다는 생각은 없었다는 점을 미리 밝혀둔다.

사건들은 대단치 않다. 술 먹다 죽은 사람도 없고 신문에 날 만한 일도 없다. 크게 보면 시시콜콜한 사건들로 이루어진 이야기다. 예를 들어 누군가는 숙취로 고생하고, 누군가는 술김에 사랑을 고백하거나 또는 거절당한 뒤 후회하고, 그래서 술을 줄이거나 끊겠다고 선언했다가는 주말이면 어기고, 자신이 금주를 선언할 때는 진심이었다가도 다른 사람이 이를 선언하면 그게 마음대로 되겠느냐고 비웃는 따위의 일들이 이어졌던 것이다.

하루하루가 다르면서도 똑같은 날들의 연속이다. 그런데도 사람들은 왜 그런 이야기에 귀 기울이는 걸까? 바로 자신과 상관이 있다는 느낌 때문일 것이다. 술꾼들의 다양한 술버릇, '진상'과 사기꾼들이 만드는 골칫거리, 말다툼, 주먹질, 로맨스, 취중 진심이나 거짓말 등 그 모든 일들이 끊임없이 우리 주변에서 벌어지고 있는 것이다.

한편 누군가 자신만의 카페를 꿈꾸는 사람이 있다면 언젠가 이런 일들을 마주하게 된다는 것쯤은 자신 있게 말할 수 있겠다. 물론 직접 겪는 것도 재미는 있겠지만 전해

듣는 편이 덜 고생스럽다. 이 책은 술꾼들의 낭만적인 정취를 찬미한 것이 아니다. 오히려 그보다는 실수와 욕심과 악의와 동정심에 의한 순진한 해프닝들로 가득하다.

나는 독자를 웃기기 위해 이 책을 썼다. 쓰는 동안에는 내내 그런 의도였다. 하지만 지금 이 순간엔 어떤 종류의 글을 썼는지 나도 잘 모르겠다. 읽는 사람에 따라 글의 느낌은 달라지기 마련이다. 각자 자신의 경험을 투영하기 때문이다. 읽는 시기와 상황에 따라서도 다르다. 어떤 사람은 조용한 유머가 있는 글이라고 평가할 수도 있고, 또 어떤 사람은 왜 이리 우울한 이야기를 썼느냐고 할 수도 있다. 다만 현명한 독자들이 우스꽝스런 인생의 아이러니를 바라보며 조금이라도 웃을 수 있기를 바랄 뿐이다.

차례

1

"여기 오백 하나 더 줘요."

새벽 2시. 마지막 남은 손님은 대식 아저씨. 꼬박꼬박 30분에 한 잔씩 다섯 시간째 마시고 있는 그는 항상 영업이 끝나는 시각에 마지막 잔을 주문한다.

"제기랄, 이젠 늙었어. 본래 오백 열 개 가지곤 끄떡도 없었는데. 어이, 여기 마지막으로 한 잔만 더 줘."

그는 한양대 영문과를 졸업했고, 록 음악을 좋아하고, 청계8가에서 정수기 유통업을 하고 있다고 들었다.

"나도 알아. 이제 가야지. 맥주는 10분 안에 마시고 갈 거야."

대식 아저씨가 '마지막 잔'을 정말 10분 만에 마시고 나갔느냐. 당연히 그럴 리가 없다. 술꾼들의 가장 흔한 거짓말은 딱 한 잔만 더 마시겠다는 것이다. 세상에 이보다 값싼 자기와의 약속은 없다. 마지막 한 잔 이후에는 '진짜 마지막'이라는 이름의 한 잔을 마시게 된다. 물론 이번에도 말 그대로 진짜 마지막을 의미하지는 않는다.

습관은 사람마다 조금씩 다르다. 잡지사 기자인 한 단골은 술을 주문할 때마다 "그런 의미에서"라는 구실을 붙인다. 그런 의미가 무엇을 뜻하는지는 아무도 모른다. W의 마지막 잔 이후에는 두 번째 마지막 잔과 세 번째 마지막 잔이 이어진다. 네 번째 마지막 잔은 없다. 그때부터는 "이왕 이렇게 된 바에"라고 단서를 달아서 계속 마시는 것이 그의 습관이다.

이곳은 엘피 레코드로 음악을 틀고 손님들의 신청곡도 받는, 소위 '록 바' 또는 '엘피 바'라고 불리는 작은 술집이다. 손님들은 취하면 취할수록 듣고 싶은 노래가 많아진다. 마지막 한 잔 다음으로 흔한 거짓말은 '마지막 신청곡'이다. 이 또한 말 그대로 마지막이 되는 법이 없다. 언제나 마지막 신청곡 이후에는 또 다른 마지막 신청곡이 이어진다.

음악 신청에도 저마다 특이한 습관이 있다. 가장 일반적인 경우는 술만 취하면 언제나 똑같은 노래를 신청하는 것이다. 어떤 직장인은 3년 동안 이글스의 〈데스페라도 Desperado〉 단 한 곡만을 신청했다. 손님들은 노래 제목이나 가수 이름을 정확히 기억하지 못하는 경우가 많았는데, 본래 알았거나 몰랐거나 모두 술 때문에 기억이 안 난다고 했다.

소연 역시 노래 제목을 잘 기억하지 못했다. 그래서 지갑 속에 자기가 좋아하는 노래 제목을 적어둔 메모지를 서너 장 넣고 다니다가, 곡을 신청하고 싶을 때면 그중에서 하나씩 꺼내어 내밀곤 했다. 그녀의 효율적인 아이디어는 집에 갈 때 메모를 돌려받아 다음에 이를 재활용하는 것이었다. 따라서 레퍼토리가 바뀌는 법은 없었다. 어느 날은 너무 많이 취해서 메모지 대신 천 원짜리 지폐를 신청곡으로 내민 적도 있었다. 물론 그날도 다시 돌려받아 갔는데, 자신의 신청곡을 틀지 않았다고 항의하지는 않았다.

술집의 위치는 종로2가다. 손님들은 대개 근처 직장인이나 외국어 학원의 학생과 강사, 그리고 낙원악기상가와 인사동에서 넘어온 예술인이었다. 가끔은 인터넷 록 동호회가 모임을 가지기도 했다.

거의 매일 술집에 와서 살다시피 하는 사람들은 그런 사실이 언급되는 것을 좋아할 리 없겠지만, 어쩌다 한 번씩 오는 사람들은 스스로 단골임을 자처하는 경우도 있었다. 그중에는 전혀 내 기억에 없는 '오랜' 단골도 있었는데, 정작 이야기를 들어보면 그들은 가게 개업 년도를 실제보다 몇 년씩 앞당겨 부르기도 하고, 수십 번도 더 왔다면서 화장실 위치를 모르거나 또는 내가 가게 주인이 아니라고 우기기도 했다. 사실이 어떻든 별 탈은 없다. 최후에는 그 모든 혼동의 책임이 술 탓으로 돌려진다. 그 외의 뜨내기손님들은 극장의 영화 시간이나 친구와의 약속을 기다리느라 간단히 한두 잔을 마시고 갔다.

특이한 음주 습관을 가진 사람도 많았다. 30대 초반의 한 직장인은 있는 듯 없는 듯 항상 혼자 와서 조용히 마시다 갔기 때문에 '섀도우맨'이라는 별명이 붙었다. 그는 월요일에서 금요일까지 하루 다섯 시간씩, 똑같은 자리에 앉아 똑같은 맥주를 마셨다. 처음에는 다들 희한하게 생각했지만 아무런 변화가 없는 모습에 차츰 익숙해져서, 나중에는 의자나 테이블 같은 가구 중의 하나쯤으로 취급되었다. 그래서 그는 '가구'라고도 불렸다. 자정이 되어 섀도우맨이 떠나면 으레 W가 와서 바로 그 자리에 앉아 새벽까지 마시곤 했으므로, W는 '심야 가구'라는 별명을 얻었다.

또 춤 선생이라고 불리는 사람이 있었다. 곱슬머리에 가수 조영남 씨 같은 큰 뿔테 안경을 쓴 이 중년 남자는 항상 주변 사람들에게 기행을 권했다. 술에 취하면 가끔씩 "이 카페에 미친놈들이 많이 오기를!"이라고 건배했고, 무슨 재미있는 농담을 하는지 일행들의 왁자지껄한 함성과 웃음이 터져 나오는 경우가 잦았다. 목소리가 크고 강한 경상도 억양을 가진 그의 기벽은 사람들에게 춤을 추도록 종용하는 것이었다. 열 명 남짓한 학생들을 이끌고 와서 마시다가 완전히 취기가 오르면 가장 먼저 일어서서 춤을 추기 시작했다. 무슨 선생님인지는 몰라도 같이 춤추는 사람들이 그를 선생님이라고 불렀기 때문에 다른 단골들은 그를 '춤 선생'이라 부르게 되었다. 나중에 그가 어느 대학의 영문과 교수라는 것을 알게 되었지만 한 번 붙여진 별명이 여간해서는 바뀌지 않는 법이어서 다들 그가 없는 곳에서는 계속 춤 선생이라 불렀다.

그 외에도 생맥주에 요구르트를 타서 마시는 낙원상가 악기상, 생맥주와 병맥주를 섞으면 더 맛있다고 주장하는 사진작가 지망생, 마지막 입가심이라는 칵테일을 맥주보다 더 많이 마셨던 출판사 사장, 비틀스가 럼주를 좋아했다며 (근거 없는 소문이라는 것을 인정하면서도) 항상 마지막 한 잔으로 럼주를 주문하던 영국인 데이비드, 노가리 안주에 오렌지 주스를 마시고 춤을 추던 대학생 커플 등 별난 사람들이 많이 있었다.

이렇게 술 마신 사람들을 묘사하는 것은 단순히 재미를 위해서이기도 하지만, 그들이 모두 이 이야기의 일부이기 때문이다. 대학생, 회사원, 퀵 서비스 기사, 영화감독, 자동차 정비공, 화가, 음악인, 언론인, 대학 교수 등 다양한 사람들의 각종 인생 철학이 모여들었던 이 술집은 내 삶의 터전이었고, 10여 년이 지난 후에는 그들을 통해 내가 추구했던 삶이 무엇인지를 돌아볼 수 있었다. 그런 이유에서 이곳을 찾은 사람들이 어떤 모습으로 술을 마셨고 또 떠나갔는지를 전하고자 한다.

2

개업한 지 두 달이 다 되어가는 어느 날인가, 통장에 남은 돈이 딱 삼십만 원이었는데 그것 말고는 현금으로 가지고 있는 십 만원 정도밖에 없었다.

"월세를 두 달 못 내면 가게를 비워줘야 돼. 알겠죠?"

가게 계약할 때 건물주가 으름장을 놓았던 것이 기억났다. 월세가 밀리면 법적으로 세입자를 내쫓을 권리가 있는데 왜 그것을 굳이 계약서에 명기하는지 묻자 "계약의 모양새를 갖추기 위해서"라는 어처구니없는 대답이 돌아왔다. 아마도 내가 몇 달 못 가서 망할 것이라고 확신하는 모양이었다. 머리가 희끗희끗한 부동산 중개업자는 건물주가 떠난 후, "본래 없는 자는 서러운 거야. 사업 잘 하시고 번창하시오"라고 말하며 내게 악수를 청했다. 내게 복비를 받아가는 사람에게서 위로의 말을 듣는 것이 기분 좋은 일은 아니었다. 거래를 성사시킨 그의 얼굴에는 자신감과

안도감이 섞여 있었다. 그들이 나를 우습게 보지 못하도록 똑 부러진 한마디를 쏘아붙였어야 했지만, 당시는 그런 일로 후회하고 있을 때가 아니었다.

없던 손님이 저절로 늘어날 리 없으므로 무슨 수를 써서든 매상을 올려야 했다. 그때 내가 할 수 있는 가장 빠르고 쉬운 방법은 커피 장사였다. 우선 급한 이번 달 월세는 현금 서비스로 막고, 준비가 되는 대로 일찍 출근해서 낮에 커피를 팔아보자는 계획을 세웠다.

애초에 이 장사로 큰 부자가 되겠다는 욕심은 없었다. 내 계획은 외진 골목의 망해가는 가게를 싸게 얻어서 손님을 끌어 모은 뒤, 권리금을 붙여서 파는 것이었다. 좀 막연하긴 하지만 1, 2년만 버티면 어떻게든 가능할 것 같았다. 장사하는 사람들이 그런 식으로 돈을 번다는 말을 친척 어른들에게 들은 적도 있었다. 들어올 때 바닥 권리금으로 이천만 원을 주었으니 그 정도의 권리금은 보장받은 것이나 다름없고, 잘 하면 그 두 배까지 받을지도 모른다.

창업 자금이 모자라기도 했지만 시설에 그리 많은 투자를 할 것도 없는 계획이었다. 열다섯 평의 작은 가게에 직원 따윈 필요 없다. 대부분 저녁을 먹고 2차로 오는 곳이기 때문에 안주도 그리 대단할 게 없는 장사다. 개업 공사를 할 때는 인테리어 일을 하는 대학교 후배 박 실장이 나를 도와주었는데, 고맙게도 개업 후에 싱글 몰트 위스키를 몇 병 마신다는 조건으로 인건비는 절반만 받겠다고 했다.

계획이 어떻든지, 일단 월세는 벌어야 했다. 물론 술집에서 낮에 커피를 마시겠다는 사람은 별로 없을 것이므로 가격이 싸야 한다. 다방 커피 유통업소를 알아보고 연락했더니 모카와 블루마운틴 원두를 가져왔다. 2리터짜리 깡통에 들은 모카 커피의 가격은 팔천 원, 블루마운틴은 만이천 원이었다. 가격과 양을 고려해볼 때 100퍼센트 가짜 블루마운틴이 틀림없었고, 아마도 블루마운틴이라는 이름을 상표로 쓰고 있는 것 같았다. 그래도 모카보다는 고급인 것 같아서 블루마운틴 한 가지로만 커피를 내렸더니 이유는 알 수 없었지만 색깔이 너무 멀겋게 나왔다. 그런 걸 팔자니 어딘가 마음이 불편했다. 그래서 값이 조금 더 싼 모카 커피와 반씩 섞어보니 조금 더 진한 색이 났다. 그렇게 만든 커피인데도 한 잔에 천 원이라는 가격은 너무나 강력해서 아무도 불평을 하지 않았다. 근처에서 가장 가격이 싼 따봉 다방도 커피 한 잔에 이천오백 원이었다.

'요즘은 전부 돈만 밝히는 세상인데, 이런 건전한 업소가 있으니 얼마나 좋아!'

커피 장사의 결과로 탑골공원 부근에서 넘어온 노인 몇 명이 단골이 되었고, 길 건너 외국어 학원 여직원들이 피시방보다 저렴한 값에 담배를 피울 수 있는 장소로 카페를 이용했다. 두어 달이 지나자 다른 모든 커피숍들이 손사래를 치며 거절하는 부동산, 사채 브로커 등이 모여들었다. 그들은 커피 한 잔씩 시켜놓고 대략 서너 시간을 버텼는데, 끊임없이 큰소리로 말다툼을 하고 전화로 누군가를 부르거나 마중 나가면서 각자 대여섯 번씩은 카페를 들락거렸다.

커피 손님은 혼자 오는 경우가 많아서, 어떤 날 오후에는 다섯 개의 테이블에 각각 한 명씩만 앉아 있는 경우도 있었다. 다섯 개의 테이블에 다섯 명의 손님, 빈 테이블은 없는데 매상은 오천 원. 때마침 잔잔한 연주곡을 틀어놓았던 참이라 한가한 미술관이나 예배당 같은 분위기였는데, 당연히 대화는 없고 여기저기서 커피 잔을 테이블에 툭툭 내려놓는 소리만 이따금씩 들렸다. 그들 모두는 여기가 엘피 바라는 것을 전혀 깨닫지 못하는 것인지, 음악에는 별 관심이 없어 보였다.

가게에는 테이블이 여섯 개, 의자가 삼십 개다. 커피가 천 원이므로 모든 좌석이 꽉 차면 삼만 원이다. 겨우 그것밖에 안 되냐고? 월세가 밀리는 것을 두려워하는 사람에게는 큰돈이다. 낮에 여섯 시간 동안 하루 삼만 원이면 한 달에 구십만 원이고, 더러 맥주가 팔려서 하루 4~5만 원이 되면 한 달 월세를 번다. 운이 좋으면 전기와 수도 요금까지 나온다. 봄에 개업을 한 것은 다행이었다. 날씨가 더워지자 커피보다 조금 더 비싼 음료수나 맥주를 주문하는 사람도 아예 없진 않았다.

문제는 저녁에 술손님이 없다는 것이었다. 물론 가게 인테리어가 썩 잘된 것 같지는 않았다. 전체적으로 조명이 너무 어두웠는지, 손님들은 "지금이 불을 다 켠 것이냐"고 묻는 일이 잦았다. 그런 반면 테이블 위에 달아놓은 갓등은 눈이 부셨다. 조그만 액자를 1미터 간격으로 나란히 붙여놓은 벽은 인사동 갤러리 같아 보였다. 개업 공사를 도와준 후배 박 실장은 깔끔한 사무실 인테리어가 전문이어서 모든 사물을 단정하게 각을 잡아 배치했다.

아무리 그렇다고 해도 너무 손님이 없었다. 초저녁 서너 시간이 지나도록 아무도 안 들어오는 날은 뭔가 이상하다는 생각이 든다. 혹시 가게 앞에 더러운 물건이 버려져 있어서 손님이 안 들어오는 게 아닐까, 아니면 간판 불이 꺼져 있어서 그런 게 아닐까, 별별 생각이 다 든다. 참다못해 현관 앞으로 나가서 확인도 해보지만 아무런 이상이 없다. 비가 오는 날에는 다들 파전에 막걸리를 마시러 갔을 것이라고 스스로 위안을 한다. 정말 파전 집에는 손님이 많을까 궁금해서 밖에 나가보았다가 길바닥에 밀려다니는 행인들을 보면 화가 치민다. 하필 이럴 때 아는 사람이 놀러 올까봐 겁도 난다.

한창 영업할 시간에 손님이 하나도 없다는 사실이 부끄러웠다. 가끔씩 누군가 현관에서 기웃기웃하다가 도로 나간다. 하긴, 과거에 내가 손님이었을 때도 마찬가지였다. 가게가 텅 비어 있으면 입구에서 멈칫거렸다. 다른 손님은 없고 가게 주인이 우울한 얼굴로 입구만 쳐다보는 그런 술집에 가서 마시긴 싫었다. 여긴 재미없겠군 아니면 장사 안 하는 곳에 잘못 들어온 것 아닌가 하는 생각이 들기 십상이다. 한 테이블이라도 다른 손님이 있다는 것이 무척 중요하게 생각되었다. 그래서 방금 누가 마시고 나간 것처럼 보이기 위해 일부러 빈 술병과 컵들을 테이블 위에 놓아둔 적도 있는데, 첫 손님을 기다리며 두 시간 동안 그것들을 쳐다보고 있자니 너무나 한심스러워서 다시 치워버렸다.

결국 오는 손님은 아는 사람들이다. 1년에 한 번 볼까 말까 한 대학 동창생들, 삼겹살에 소주를 마시고 이미 취해서 온 그들은 내 장사를 걱정하며 카페의 근본적인 문제에 관심을 가진다. 그리고 메뉴와 조명, 간판, 가구 배치, 음향 시설 등 각자 자기 마음에 들지 않는 부분을 지적하고 잘못되었다고 말한다. 한 친구는 우선 선반 위의 냅킨이나 빨대, 병따개 같은 집기들을 안 보이는 곳으로 깨끗하게 치워야 한다고 했다. 그러더니 실내 조명과 간판을 아주 환하게 크고 밝은 것으로 교체하라고 했고, 다른 친구는 바닥에 대리석 타일을 깔아야 한다고 했다. 모든 가구나 술이나 최고의 물건을 가져다 놓아야 돈 많은 손님이 온다는 충고도 있었다.

처음엔 "왜 이렇게 손님이 없느냐"는 질문으로 시작한다. 나는 "아직 시간이 이른 모양이지" 혹은 "곧 오겠지"라고 대답하며 억지 미소를 짓는다. 그러나 시간이 지날수록 긍정적인 믿음은 점점 조바심으로 바뀌어 나를 옥죄어 온다. 뭔가 다른 쪽으로 화제를 돌리려고도 해보지만 그러면 그럴수록 손님이 없다는 것 이외의 다른 어떤 생각도 할 수 없다. 따라서 대화가 뚝뚝 끊기고 깊이 없이 겉돈다. 잠시 뒤에 손님이 들어와서 이제 장사를 시작하는가 하고 기대하면, 간단히 한 병씩만 마시고 나가버려서 다시 가게가 텅텅 빈다. 그러자 이런 상황이 나만큼이나 안타까웠던 동창생들은, 이번에는 다 잘될 테니 너무 걱정 말라는 식으로 나를 위로한다.

이쯤 되면 이 친구들이 이제 그만 나를 혼자 내버려뒀으면 하는데, 일행 중에 가장 많이 취한 친구가 다른 손님이 올 때까지 같이 있어줘야 한다며 다 먹지도 못할 비싼 술과 안주를 더 시킨다. 공정하게 판단한다면 매상을 올려주고 장사에 대한 조언을 하는 것은 내게 베푸는 호의가 틀림없다. 나는 고맙게 여겼어야 했다. 그런데 이상하게도 고맙기는커녕 그들이 빨리 가주기만을 바랐다. 그래도 다행스러운 것은 밤이 늦을수록 차츰 안도감이 찾아온다는 점이다. 영업 마감 때가 되면 오늘은 더 이상 기대할 것이 없고 손님이 없는 것도 불편하지 않다.

오전 11시에 출근해서 오후 6시까지 커피 장사, 이후 여덟 시간 동안 디제이 노릇을 하다가 퇴근, 여섯 시간 취침 후 다시 출근이다. 연중무휴의 영업이지만 그래도 커피를 팔아 버틸 수 있으니 안심이 되었다. 월세를 낼 때가 가까워오는데 통장에 돈은 모자라고, 매달 그런 상태로 살다보면 차츰 겁을 먹게 되어 사람이 소심해진다. 따라서 천 원짜리 커피를 팔지언정 그 일로 월세를 내고 있으면 마음이 편하고 안심이 된다. 그리고 정작 내 돈을 모으는 것은 막연한 미래로 멀어진다. 가끔씩은 '이런 식으로 장사하면 언제 돈 벌어서 성공하나?' 하는 생각이 들기는 한다. 그러나 다음 날 아침이면 빨리 커피를 팔러 나가야 한다는 생각밖에는 할 수 없었다. 이런 것들이 개업 초기에 겪은 어려움인데, 더 많은 예를 들 수도 있지만 내용은 대개 비슷하다.

대학 동창생들이 다녀간 다음 날에는 세 테이블의 손님이 왔다. 초저녁 두 테이블의 손님은 간단히 생맥주 한 잔씩만 마시고 나갔다. 밤늦게 온 40대 초반으로 보이는 남자 네 사람은 정말 좋은 손님이었다. 들어올 때부터 종로에 디제이가 음악을 트는 곳이 남아 있다는 것이 신기하다는 말을 연발했다. 듣기 나쁜 말은 아니었다. 그들은 판이 없으면 안 틀어도 되니 가능하면 엘피 레코드로 틀어달라고 부탁하며 각자 대여섯 병 정도의 비싼 외국 맥주를 마셨다. 그들은 음악을 좋아했고 밤늦도록 기분 좋게 마셨다. 나는 신청곡을 열심히 틀었지만 내가 가진 음반은 고작 500장 정도여서 있는 노래보다 없는 노래가 더 많았다. 그래도 그들은 수고했다며 팁으로 만 원을 더 내고 갔다. 난생처음 받아보는 팁이어서 무척 어색했지만 감사하다는 말과 함께 목례를 하며 받았다.

그런데 그들이 나간 뒤에 점점 기분이 나빠졌다. 어제 대학 동창생들이 술을 팔아줄 때와 마찬가지로 동정을 받은 기분이었다. 분명히 팁은 좋은 뜻으로 전한 것일 텐데도 내 마음속에는 감사의 마음보다는 어떤 모욕감 같은 것이 남아 있었다. 정확히 판단하자면 그것은 사람보다는 상황과 돈에 대한 감정이었겠지만, 이상하게도 돈을 준 사람들이 미웠다. 나는 내 자신이 디제이라고 생각하고 있었지만,

그 만 원짜리 지폐는 내가 술 시중을 들고 있었다는 사실을 말해주고 있는 것 같았다. 만약 돈을 더 많이 받는다면 그런 기분이 들지 않았을 것이라고 생각해본 적은 있다. 그러나 나는 팁으로 그보다 더 큰돈을 받을 일은 없었다.

3

가을까지는 큰 변화가 없었다. 주중에 팔면 주말에 못 팔고, 월말에 팔면 월초에 허탕을 쳤다. 홍보용 전단도 돌려봤지만 한두 번으로 끝났다. 무료 안주 서비스 아니면 공짜 생맥주 제공이었는데, 그런 일회성 이벤트가 특별히 매력적으로 보일 리 만무하다.

종로2가 사거리 건널목에 김떡순(김밥, 떡볶이, 순대)을 파는 포장마차가 있다. 저녁으로 자주 떡볶이와 어묵을 사먹었기 때문에 포장마차 주인과 친해져서 장사에 대한 이런 저런 이야기를 나누곤 했다. 50대 중반으로 보이는 부부가 함께 나와서 일했는데, 처음에는 그들이 장사하는 모습을 보면 안타깝고 불쌍하다는 생각이 들었다. 그 장사는 불법일 텐데도 '누군가' 인도 위의 자리 주인이 따로 있어서 월세로 삼백만 원을 내고, 암묵적으로 구청으로 가는 돈도 있다고 했다. 영하 10도 아래로 떨어지는 한겨울에는 어묵

국물이 포장마차 선반에 떨어지자마자 얼어붙었다. 그런 날 나와서 밤새 떨다가 독감이라도 걸리면 며칠 동안 일을 못 나올 때도 있다는 이야기를 들었다. 하지만 그렇게 1년 정도 고생하면 작은 전셋집 얻을 정도의 돈을 번다는 말을 들은 뒤로는 전혀 불쌍하다는 생각이 들지 않았다. 그 후로는 주로 햄버거를 사먹었다.

겨울 들면서 스타벅스나 커피빈, 할리스 같은 대기업 커피 전문점이 늘어나고 있었다. 대로변의 모든 건물에서 커피를 파는 듯했다. 게다가 점점 더 체력이 달려서 하루 열네 시간 근무를 감당할 수 없었다. 그래서 커피 장사를 그만두는 대신, 영업 마감을 새벽 2시에서 5시로 늦췄다. 밤을 새고 첫 버스로 귀가하면 택시비도 절약할 수 있었다.

그렇게 했더니 근처 다른 술집이나 식당 등에서 퇴근한 알바들이 새벽 단골이 되었다. 그들은 음료수나 생맥주 한 잔씩을 주문한 뒤, 나와 마찬가지로 첫차를 기다리며 밤을 새웠다. 몇몇은 테이블에 엎드려 눈을 붙이기도 했다. 그렇게 버는 돈이 커피 팔아 버는 돈과 비슷했다.

문제는 식사였다. 오후 6시에 저녁을 먹고 자정을 넘기면 허기를 느낄 수밖에 없다. 새벽에 먹는 건 건강에 좋지 않지만 굶을 수는 없어서 뭔가 먹어야 했는데, 그 시간에 배달되는 것은 대부분 조미료를 숟가락으로 퍼 넣은 중국 음식이거나 야식집 찌개였고 맛도 없었다. 도시락을 몇 번 싸다가 이내 귀찮아져서 밤에도 햄버거를 먹기 시작했다. 커피 장사를 할 때도 그랬지만 햄버거가 가장 손쉬운 해결책이었다. 가게 바로 앞 큰길에 있는 햄버거 체인점에서 사먹은 것을 어림잡아 계산해보니 지난 몇 달 간 대략 백 개가 넘는 것 같았다. 그 정도 먹고 나면 햄버거에 들은 야채는 언제 씻은 것이고, 빵은 언제 배달된 것이며, 고기는 적당하게 구워졌는지, 케첩을 너무 많이 뿌린 것은 아닌지, 전자레인지에 돌린 시간은 적당한지, 이 모든 것을 한입에 알 수 있었다. 그와 동시에 건강에 노란 불이 들어왔다. 매일 패스트푸드를 먹으니 나도 모르는 사이에 점점 체력이 약해져서 영업 중에 조금이라도 한가해지면 졸기 시작한 것이다. 계산상으로는 일하는 시간이 줄었지만 새벽의 세 시간 노동이 낮의 다섯 시간 노동보다 더 낫다고 할 수는 없었다. 다만 커피 매상이 줄어든 만큼은 술손님이 늘었다.

한 달에 두어 번은 춤 선생이 제자들을 이끌고 왔다. 가게가 한가해서 어쩌다 조용한 음악을 트는 날이면, 그는 "사장님, 소리 좀 키와주소. 마, 내 귀가 잘 안 들리가"라고 농담을 하며 분위기를 띄웠다.

가끔은 인사동에서 전시회를 마친 화가들의 뒤풀이 장소로 이용되었다. 술 취한 예술가들이 단체로 모이면 어떤 분위기가 되는지는 현장에 있어본 사람만이 안다. 이들의 모임은 정말 예술 그 자체이므로 이를 정확히 묘사하기란 거의 불가능하다.

희한하게도 그중 가장 최악의 손님과 최고의 손님이 둘 다 제주도 사람이었다. 이름을 다시 떠올리고 싶지 않은 최악의 손님은 일행이 모두 나갈 때까지 기다렸다가 10분이 넘는 길고 우울한 어떤 노래를 계속 반복해서 틀어달라고 해서, 매번 노래가 시작될 때마다 울었다. 네 번째 다시 듣겠다고 했을 때가 되어서야 겨우 거절에 성공했는데, 그는 돈이 모자라서 주민등록증을 맡긴 뒤 외상을 하고 사라져서 다시는 내 가게를 찾지 않았다. 반면 후덕한 성격의 화가인 조 화백은 얼굴이 크고 텁수룩한 수염에 허허 하고 웃는 사람으로 통했다. 정말 잘 대해주었지만 그를 단골로 만들기는 쉽지 않았다. 내게 좋은 손님은 다른 술집에서도 좋은 대접을 받는 모양이었다. 그와 개인적으로 친해진 것은 몇 년이나 더 지나서의 일이다.

매월 마지막 금요일에는 근처 어학원에서 일하는 외국인 강사들이 왔다. 처음엔 그들을 싫어했다. 일곱 명이 1800cc 생맥주 피처(당시 맥주 회사의 피처 용기에 실제로 들어가는 양은 1800cc인데, 이유를 알 수 없지만 거의 모든 술집에서 2000cc라고 표기해서 팔았다) 한 개를 나누어 마셨다. 일인당 257cc이므로 각자 작은 우유팩 하나 분량의 맥주를 마신 셈이다. 그런데 차츰 오는 빈도와 마시는 양이 늘더니, 매월 종강 파티를 할 때면 일인당 피처 한 개와 보드카 서너 잔씩을 마셨다.

"장사는 좀 어떻습니까. 여긴 단골 위주죠?"

석유가 왔다. 오후 5시, 석유 값을 내줄 때부터 막걸리 냄새가 나긴 했다. 그는 이 동네에서 20년 넘게 석유 장사를 해온 사람이다. 나는 요즘 다들 힘들지 않느냐고 대답했다.

기온이 영하로 떨어지는 날에는 전기 팬히터의 용량이 부족해서 석유난로로 난방을 했다. 술 마시는 곳에서 위험하지 않겠느냐고 묻는 사람들이 더러 있었는데, 천만의 말씀이다. 아무리 취해서 비틀거려도 석유난로만큼은 다들 알아서 피해 다닌다. 게다가 물 주전자를 올리면 습도 조절이 되면서 훨씬 아늑하고 낭만적인 분위기를 만든다. 물론 연료비는 전기보다 비싸다.

사람들은 술 마실 때 담배를 더 많이 피우고, 춤 선생처럼 평소에 담배를 피우지 않는 사람들도 오직 내 가게에서만은 예외적으로 담배를 피웠다. 따라서 환기를 자주 해도 공기가 매우 탁했다. 실내 환풍기 두 개를 튼다는 것은 현관에서 그만큼의 찬바람이 유입되는 것을 의미했다. 얼마 안 되는 수입을 연료비로 다 쓰는 듯했다. 물리적 현상에는 에누리가 없다. 밤새 고생해서 번 돈이 석유에서 다시 더운 공기로 바뀌어 환풍기로 술술 빠져나가는 것이 눈에 보이는 것 같았다.

3월에도 난로를 틀어야 했지만, 이제는 조금만 난방을 해도 실내가 따뜻해지는 것이 확연히 느껴졌다. 그날이 아마도 봄이 시작되기 전의 마지막 석유 주문이 될 듯했다.

"올핸 다 땠어요. 담주부턴 날이 아주 따습답니다."

주문이 없어 한가했는지 그는 낮부터 한잔 마셨다고 했다. 기분 좋게 취해서 덕담을 늘어놓는 것으로 보아 유난히 추운 겨울 덕에 재미를 톡톡히 본 모양이었다. 예전 거래처가 배달하는 불투명한 회색 석유통은 내부의 가운데 부분이 오목해서 석유가 적게 들어가도록 만들어진 것이었다. 지금의 거래처는 평범한 흰색 석유통을 쓰지만 정확한 양을 담아오는지는 알 수 없다.

그런데 나는 그가 말하는 것의 반도 알아들을 수 없었다. 본래 전라도 사투리가 심한 분인데 낮술을 마시니 더욱 심했다. 흔히 거친 일을 하는 사람들이 그렇듯이, 툭툭 내뱉는 짧고 생략이 많은 말투인데다 발음도 정확하지 않았다. 대부분 '궁께'로 시작해서 '뭐뭐 허면 됩니다. 된다니께요' 등으로 끝나는 말들이었지만 사투리가 워낙 심해서 뭘 어떻게 하면 된다는 건지 알아들을 수 없었다. 매번 다시 물어보기도 민망해서 10분 정도 이해할 수 없는 상태로 듣고 있었는데, 세상에는 돈이 참 많으니 희망을 버려서는 안 된다는 말로 끝이 났다. 그러는 동안 작별 인사 다섯 번과 악수 네 번을 했다. 석유 배달을 오래 해온 그의 손은 거칠고 힘이 강했다. 비록 거의 알아듣지 못했지만 아무 말 없이 석유와 돈을 주고받는 날보다는 희망적인 기분이 들었다.

4

"안녕하십니까아."

석유가 가고 얼음이 왔다. 그는 자루에 담아온 칵테일 얼음 봉지 세 개를 마룻바닥에 쏟아놓더니 담배 한 개비를 달란다. 평소에는 담배를 피우지 않는지, 아니면 절약하느라 그러는 것인지 가끔씩 내 담배를 하나씩 얻어간다.

"봄이 왔네. 봄이 와."

그는 노래를 흥얼거리며 화장실을 다녀왔다. 무슨 기분 좋은 일이 있느냐고 물었더니, 얼음 장수가 봄이 와서 그렇단다. 계절과 함께 사람의 기운도 바뀐다.

"자아, 이제 나의 계절이 오는구나!"

큰소리로 외치더니 다시 콧노래를 부르며 나갔다. 날씨가 따뜻해지면 배달되는 얼음이 항상 녹아 있다. 날씨가 따뜻해서 녹은 줄 알았는데, 언젠가 그가 휴가를 갔을 때 다른 사람이 배달한 것을 받아보니 전혀 녹지 않은 상태의 얼음이 배달되었다. 그 후로 이 얼음 장수는 일부러 살짝 얼음을 녹여서 가져다준다는 것을 알게 되었다. 칵테일 얼음이 녹았다가 다시 얼면 서로 붙기 때문에, 깨서 쓰느라 부스러기가 많아진다. 한여름에는 5분의 1 정도의 얼음이 부스러기가 되어 하수구로 들어간다. 따라서 그의 매출도 20퍼센트 는다. 장사꾼들은 다들 자기 나름대로의 노하우를 가지고 있다.

아무튼 봄이 되자 내 운세도 달라지는 것 같았다. 록 동호회 사람들이 가게를 찾기 시작했다. 처음 그들이 왔을 때는 이만저만 긴장한 게 아니었다. 무슨 인터넷 록 동호회의 시솝sysop들이라고 했는데, 나는 그 말을 듣자마자 로큰롤 역사에 길이 빛나는 훌륭한 노래를 찾느라 여념이 없었다. 매상보다는 단골이 되느냐가 더 중요했으므로 작은 접시에 오징어채와 땅콩을 섞어서 기본 안주로 담았다. 더 담을 수도 있었지만 그 이상의 서비스를 하면 오히려 부담스럽게 여길까봐 그러지 않았다. 나는 그들이 어떤 노래에 반응을 보이는지 면밀히 관찰하며 유명한 가수의 명반들을 고른 뒤, 가장 대표적인 노래는 피하고 마니아 취향의 숨은 명곡들을 위주로 조심스레 선곡했다. 그날은 간단히 한 잔씩만 마시고 갔는데, 며칠 뒤 일행 중 한 사람이 다른 손님들을 데리고 다시 왔다.

장세한은 그 동호회 회원 중 하나였다. 그는 가장 먼저 단골이 된 사람인데다 나와 가까운 동생이자 친구가 되었기 때문에 그에 대한 이야기를 미리 해두고 싶다. 내 가게에 처음 왔을 때 세한은 대학을 졸업하고 갓 직장을 잡은 스물일곱 살의 청년이었다. 그다지 잘생긴 얼굴은 아니고 키도 작은 편이어서 주목을 받을 만한 인물은 아니었다. 소심한 성격 탓인지 처음부터 친근하게 말을 붙이며 다가오지도 않았다. 개그맨 김병만을 닮았다는 의견이 지배적이고, 아주 드물게는 영화배우 맷 데이먼을 닮았다는 사람도 있었다.

그는 전형적인 불운한 배경을 가진 남자였다. 부친의 연대 보증 때문에 어릴 때부터 빚이 있었고, 자신이 기억하지 못할 정도로 아주 어릴 때는 백 평 정도의 마당이 딸린 이층집에 살았다고 한다. 집안의 똑똑한 머리를 이어받았는지 공부를 열심히 해서 그런대로 좋은 대학을 나왔다. 그런데 그 집안에는 풍류의 기운도 흐르고 있는 모양이어서 공부보다는 술을 더 좋아했다. 술보다 음악을 좋아했고 음악보다는 여자를 더 좋아했다.

술과 음악은 혼자 노력으로 해결할 수 있었지만 누구나 그렇듯이 연애 문제는 혼자만의 노력으로 해결할 수 없었던 모양이다. 그는 고등학교를 졸업한 뒤 제대로 된 연애를 해본 적이 없을 정도로 지독히 여자 운이 없었다. 나중에 그가 나름대로 분석한 이론에 따르면, 여자가 없기로 유명한 대한민국의 3대 조직인 남대, 군대, 현대를 다녔기 때문이라고 했다(남대란 그가 다녔던 K대 기계과를 말한다). 그 대학의 기계과 분위기란 개강 파티나 종강 파티 예산에 '기물 파손비'라는 항목이 미리 포함되어 있을 정도로 거칠었고, 4년 만에 여학생 한 명이 입학했을 때는 그 학과의 신입생 봄 엠티에서 여학생을 위한 방을 하나 따로 잡아야 하느냐의 문제로 학과 사무실 회의가 열렸다고 한다. 어쨌든 록 음악을 너무나 사랑하는 이 친구의 야망은 느지막이 일어나 아침을 먹고 오후 내내 영화나 만화책을 보다가 해 질 무렵에 기타 가방을 둘러메고 출근하는 라이브 클럽의 주인이 되는 것이었다.

세한은 자기가 학창 시절에 일했던 록 바에 대한 이야기를 늘 했다. 그는 자신의 말로는 그 대학 앞에서 가장 훌륭한 록 바였다는 F 카페에서 디제이로 일한 경력이 있었다. 처음에는 서빙과 설거지를 했고, 몇 달 뒤 주방장 자리를 거쳐 마침내 디제이 자리까지 올랐다는 것이다(나중에 알고 보니 그 카페가 문을 닫기 직전에는 서빙과 주방 일과 디제이를 모두 겸하고 있었다).

고등학교 시절에는 교회 밴드부에서 연주했고, 대학교

때는 동아리 밴드부에서 기타를 쳤다. 물론 음악을 좋아해서이기도 했겠지만 그보다는 학교에 여자가 없어서였다. 그러나 대학 근처의 엘피 바에서 일한 것만은 순수하게 음악이 목적이었다고 한다. 새벽까지 바에서 일하기 위해 허락도 받지 않고 다짜고짜 학교 앞 친구의 자취방으로 거처를 옮기기도 했는데, 거의 가게에서 살다시피 해서 친구는 같이 사는 것을 별로 싫어하지 않았다고 한다. 어쨌든 그런 경력으로 인해 나 같은 풋내기 가게 주인보다는 이 장사에 대해 더 많은 것을 알고 있었다.

기타 연주가 가장 큰 취미인 그는 특히 지미 헨드릭스와 에릭 클랩튼의 기타 연주 중 어느 것이 더 훌륭한가를 놓고 논쟁을 벌이기를 좋아했다. 그리고 음악을 듣다가 기타 독주가 나오면 항상 성대모사로 따라 부르며, 입으로 완벽하게 따라하지 못하면 기타로도 연주할 수 없다고 주장했다. 다만 이 친구는 소심함과 책임감이 지나쳐서, 자기 주변에서 잘못된 모든 일에 죄책감을 느끼곤 했다. 무엇보다 자신이 학창 시절에 몸담았던 록 바가 망해버린 것이 자기 잘못 때문이라는 마음의 빚을 지고 있었다.

"그 가게 계단을 사진으로 도배한 게 제 아이디어였어요. 음악을 좋아하는 사람들이 그걸 보고 많이 들어왔을 게 틀림없어요. 후배 두 놈 잡아와서 다 같이 음악 잡지를 뜯고 풀칠을 해서 벽에 바르는 작업을 새벽 2시까지 했거든요. 복도 정면에 있는 커다란 사진은 제가 특별히 고른 거였어요. 그게 바로 메탈리카의 드러머 라스 울리히가 혀를 길게 빼고 있는 사진이죠."

"여름에 영업 끝나고 사장님 몰래 가게 술을 좀 마셨지만 아무리 더워도 에어컨은 틀지 않았어요. 빤스만 입고 마셨죠. 자취방 친구 놈은 가끔 퇴주(생맥주를 따를 때 거품을 걷어서 모아놓은 것)도 마셨는데 저는 그건 못하겠더라고요. 퇴주 먹고 나면 입에서 발 냄새가 나거든요."

"거기 사장님도 좀 그래요. 이십 명씩 되는 단체 손님도 다 받고, 신청곡도 뭐든지 다 틀어주고, 디제이가 자존심이 있어야지. 지금 생각해보면 음악 틀면서 칵테일, 과일 안주, 골뱅이까지 내가 다 하는 게 아니었는데, 그래서 사장님이 나한테 가게를 맡기고 4층 당구장에 가 있었나 봐요. 알바가 못하는 게 좀 있어야 하는데…….

하루는 어디서 마셨는지, 외출했던 사장님이 돌아와서 텅 빈 가게를 쓱 둘러보더니 이러는 거예요. '아, 이렇게 음악도 좋고 술도 맛있는데 말이야, 왜 손님이 안 오는 거야?' 그땐 남의 가게 놀러온 사람 같더라고요."

그는 항상 친구들에게 이런저런 디제이의 오랜 전통에 대해 이야기했다. 여자 운은 없어도 친구는 많은 편이었다.

“손님이 세 곡 이상 신청하면 한두 곡 정도만 틀면 돼. 해달라는 대로 다 해주면 매력이 없잖아. 하나 정도는 안 트는 게 디제이의 자존심이지. 분위기 안 맞는다고 거절하는 척하다가 나중에 틀면 손님이 고맙다고 하는 법이거든. 난 신청곡도 해봤고, 신청곡을 받아서 틀기도 해봤단 말이야.

그리고 디제이는 ‘가오’가 있어야지. 음악적 고집과 진지한 표정, 그리고 카리스마! 그게 록 바 디제이의 가장 중요한 자격이거든.”

그는 특별한 약속이 없으면 (일주일 내내 늘 그렇기는 하지만) 내 카페로 왔다. 그리고 언젠가 돈만 모이면 회사를 때려치우고 라이브 클럽을 차릴 것이라고 항상 말하고 다녔다. 물론 그런 꿈을 가지고 있는 사람이 세한만은 아니었다. 많은 손님들이 장차 여유가 되면 자기도 이런 카페를 차리고 싶다고 진지한 표정으로 막연하게 말하곤 했다. 하지만 그의 경우에는 그냥 상상만 한 것은 아닌 듯했다.

“형, 가게에서 공연 한번 하시죠? 가게를 아예 라이브 클럽으로 하면 좋을 텐데. 저하고 동업을 해도 좋을 것 같아요. 공연 없는 날은 형이 사장 하고, 공연 하는 날은 내가 사장 하고, 그럼 번갈아 쉴 수도 있고 좋잖아요. 농담이 아니에요. 내가 돈 모을 때까지만 기다려보세요."

세한은 F 카페가 영업 부진으로 문을 닫은 후 새로 발붙일 단골 술집을 찾고 있었다. 그는 너무 자주 오는 것이 민망했는지 하루는 계산을 하고 나가면서 "저 요즘 맨날 오죠? 내일도 올 것 같아요" 하며 멋쩍게 웃었다. 반면 나는 가게가 망할 것처럼 손님이 없는 것이 민망해서, 나도 내일 나오겠다고 대답했다. 그리고 다음 날부터 우리는 음악과 장사에 대한 이야기를 시작했던 것이다. 세한은 늘 바에 붙어 있다가, 어쩌다 손님이 많은 날이면 자연스럽게 가게 일을 도와주기도 했다. 그는 나의 손님이자 직원이었다.

세한은 늘 F 카페에서 직접 칵테일을 제조했다고 자랑을 늘어놓곤 했다. 일반적인 칵테일 바에는 없는 특이한 이름을 가진 특별한 칵테일이라는 것이다. 그리고 더 많은 여성 고객을 유입하려면 그런 메뉴가 있어야 한다고 주장했다. 물론 남자들이 술은 더 많이 마시지만, 오직 남자들만 드나드는 가게는 오래 못 간다는 것이다.

나는 그의 제안에 동의했다. 예쁜 잔에 몇 가지 리큐르와 위스키와 맥주를 섞고 빨대만 꽂으면 된다는 설명은 너무 단순하게 들렸지만, 어차피 칵테일 바로 거듭나자는 이야기는 아닐 터여서 시험 삼아 한번 만들어보자고 했다. 무엇보다 매상에 도움이 될 만한 시도를 한다는 것 자체가 일종의 위안이었다. 섞는 비율은 그가 알고 있을 것이고, 칵테일을 맛보는 것쯤은 나도 할 줄 알았기 때문에 한편으로 조금은 기대도 되었다.

5

우리가 준비한 칵테일의 종류는 다섯 가지였다. 처음 만든 두 가지는 생맥주에 말리부를 넣은 '지미 헨드릭스'와 칼루아를 넣은 '에릭 클랩튼'이다. 그 둘은 맥주에 리큐르를 첨가한 맥주 칵테일로, 술의 빛깔과 느낌에 따라 (정확히 말하자면 순전히 우리의 기분에 따라) 음악 팬들이 좋아할 만한 이름을 붙인 것이었다. 세한은 이런저런 레시피 책을 참고하여 비슷한 방법으로 세 가지를 더 개발했다. 진gin과 붉은 빛의 그레나딘 시럽을 넣은 '제니스 조플린', 블루 퀴라소를 넣어 푸른색이 돌고 오렌지 향이 나는 '밥 말리', 그리고 쓴맛이 강렬한 베르무트를 맥주와 섞고 여송연 한 대를 곁들여주는 '체 게바라'다.

어느 날 영국 문화원에 다니는 학생들 모임이 다녀갔다. 그들은 한 명씩 바에 와서 제각기 다른 칵테일을 주문했다. 열 명이 와서 칵테일을 시키면 아홉 잔째 만들고 있을 때쯤 처음 가져간 사람이 두 잔째를 시킨다. 너무 바빠서 정신을 차릴 수 없었는데, 그들은 매번 다른 칵테일을 마시면서 각자 한 잔 주문할 때마다 일일이 더치페이를 했다. 게다가 능숙한 바텐더들이 병을 휙휙 돌려서 쭉 따르고 다글다글 흔들어 내놓는 것과는 달리, 우리는 15ml, 30ml 계량컵으로 바들바들 옮겨 부어 칵테일을 만들기 때문에 속도가 엄청 느렸다. 계속 만들다보니 나중에는 정말 짜증이 많이 났는데, 기쁘게도 그들이 단골이 되지는 않았다.

칵테일 메뉴들은 일부 손님들의 호기심을 자극하는 데 성공했지만 그다지 반응이 좋은 것 같지는 않았다. 베레모를 쓴 대학생 하나가 끈질기게 찾아와 체 게바라를 시켜놓고 폼을 잡는 정도였다. 그런데 칵테일과 함께 제공되는 싸구려 시가의 연기가 너무나 지독해서 나는 유독 그 베레모를 미워했다.

더 이상 참지 못하고 내가 체 게바라를 메뉴에서 없애던 날, 여느 때처럼 음악을 틀면서 손님이 오기를 기다렸지만 이상하게 그날따라 9시가 넘도록 손님이 없었다. 세한은 체 게바라의 복수라고 중얼거렸다. 낮에 커피를 팔 때도 저녁에 손님이 없으면 맥이 빠졌다. 둘이 있으니 혼자 있을 때보다 어쩐지 더 불편하고 민망했다. 그냥 가만히 앉아 있기도 그렇고, 뭔가 장사에 도움되는 일을 찾아서 하고 싶은데, 아무리 생각해봐도 영업시간에 장사 말고는 정작 할 만한 것이 없었다.

그런 생각이 들 무렵이면 이렇게 장사가 안 되는 원인을 사회적 문제에서 찾는다. 왜 이렇게 손님이 없는가로 시작해서, 길에 사람이 저렇게 많은데 록 음악 팬이 아니라도 누군가는 들어와야 하는 게 아니냐는 의문으로 옮아간다. 그러면 요즘 사람들이 여유가 없어서 음악 듣고 놀 처지가 못된다는 말이 뒤를 잇는다. 왜 사람들이 여유가 없는지에 대한 객관적인 이유를 다시 생각해본다. 핸드폰 요금과 건강보험이나 연금보험의 상승폭, IMF 이후의 카드대란과 신용불량자의 양산을 예로 든다. 이것은 내 가게뿐만이 아니라 사회 전체의 걱정거리라고 둘 중 하나가 말한다. 부동산과 주식에 투자한 개미들이 얼마나 뒷북을 쳤으며, 청년실업 문제는 또 얼마나 심각한지에 대해 서로 공감한다. 어렵사리 직장에 취직하더라도 결혼하고 아이를 낳으면 한 달에 생활비를 얼마나 써야 유지가 되는지 계산기를 두드려보고, 일인당 통신료, 커피 값, 택시비 등 물가상승률과 정부의 주먹구구식 경기부양책을 비판하며 갈수록 심해지는 빈부 격차에 대해 토론한다. 잘못된 정책으로 정부가 얼마나 많은 국민의 혈세를 낭비하는가, 더 나아가서 우리나라도 일본과 같은 장기 불황으로 갈 것인가를 함께 고민한 다음, 그래도 손님이 없어서 맥주를 더 가지러 냉장고로 가면서 시계를 보면 대략 11시다.

세한은 손님이 없어도 실망하지 말고 자부심을 가져야 한다고 내게 말했다.

"디제이는 좋은 음악을 들려주는 거지, 돈 보고 하는 일이 아니잖아요? 지금처럼 초심을 지키는 게 중요하죠.

요 앞에 T 레코드 가게 있잖아요. 거기 매니저가 정말 재수 없게 건방지다는 건 형도 알죠? 자기가 음악 좀 안다고 손님을 우습게 보는 거죠. 내가 본 조비Bon Jovi 베스트 사는 걸 보더니, 뭐 이런 걸 사느냐는 식으로 계산대 앞에서 씩 웃었다고요. 그래서 나중에 완전히 복수를 해줬거든요. 40프로 세일하는 시디에서 스티커를 떼서 세일 안 하는 제일 비싼 시디에 붙여서 산 거예요. 카운터에서 스티커만 확인하고 깎아준다는 걸 알고 있었거든요."

저녁 내내 열심히 수다를 떨었더니 스트레스가 좀 풀려서 장사에 대한 근심을 잠시 잊을 수 있었다. 세한은 곧 손님이 늘어날 테니 걱정 말라고 했고, 나는 손님이 많을 때 어떤 음악을 틀어야 매상이 더 오를까에 대해 이야기했다. 12시가 넘자 우리는 둘 다 저녁 내내 말을 너무 많이 해서 어지럽고 배도 고파졌기 때문에 일찍 가게 문을 닫고 감자탕을 먹으러 갔다.

이즈음에는 오히려 단골이 조금 줄어든 것 같다. 춤 선생이나 외국어 학원 사람들은 여전했지만 이런저런 동호회 회원이나 근처 회사원들은 자취를 감췄다. 아마도 본래 가던 술집으로 발길을 돌린 모양이었다. 가뜩이나 장사가 안 되고 힘들어 죽겠는데, 하필 이런 때 사기꾼들이 꼬여들었다.

첫 번째는 개업한 지 일주일 만에 찾아온 소화기 점검이었다. 나는 소방서에서 나온 사람이라 생각해서, 그의 지시대로 가게 인수할 때부터 있었던 낡은 소화기를 폐기하고 새 소화기 두 개를 주문했다. 소화기 값과 정기점검 비용으로 십이만 원을 냈는데, 나중에 알고 보니 그는 청계3가 소화기 판매점의 영업 사원이었다. 본래 삼만 원짜리 소화기 하나만 구매하면 되는 일이었다. 그의 푸른색 점퍼 왼쪽 가슴께에 '한국소방안전'이라고 노란색 수를 놓은 것이 매우 그럴듯해 보였다.

두 번째 사기꾼은 근처 외국어 학원 강사들이 시끌벅적하게 춤판을 벌인 주말 밤에 왔다. 가게 문을 닫으려고 정리를 하는 중이었는데 한 남자가 들어와서 택시비 좀 빌려 달라고 우는 소리를 했다. 뺨에 살이 통통하게 오른 하얀 얼굴에 눈망울이 크고 선한 인상이었다. 구겨지고 여기저기 흙이 묻었지만 빳빳한 칼라와 소매 라인을 보니 아침에 다려 입은 순면 와이셔츠가 틀림없었다.

"이 근처 학원 강사인데요. 술 취해 길에서 자다가 지갑하고 핸드폰을 털렸습니다. 집이 일산인데 제가 혼자 살거든요. 택시비 삼만 원만 빌려주실 수 있겠습니까? 내일 반드시 송금해 드리겠습니다."

나는 사람 얼굴을 잘 기억하지 못하는 편이어서, 그가 아까 손님으로 왔던 어학원 강사인 줄로만 알았다. 정말 학원 강사처럼 보였다. 그래서 별 의심 없이 돈을 건네주고 서로 연락처를 주고받았다. 물론 전화번호는 가짜고 돈도 입금되지 않았다. 그 외에 비싼 외국 맥주 일곱 병을 마신 뒤 주민등록증밖에 없다던 부랑자를 포함해서(파출소에 신고한 결과 거주 불명으로 판명되었는데, 그는 노숙자 특유의 고약한 냄새가 전혀 나지 않았다. 어디선가 목욕과 빨래 정도는 하고 다니는 모양이었다) 그들은 좀도둑 같은 소소한 사기꾼들이었다. 설마 고작 3, 4만 원에 그런 사기를 칠까 하고 곰곰이 생각해보았더니 하루에 나 같은 사람 서너 명을 속일 수 있다면 그런대로 할 만한 일이었다. 각자 나름대로 연기력도 좋았고, 경찰에 잡힌다 해도 실제로 형사처분을 받을 중죄는 아닌 것 같았다.

6

이곳에서 세 번째 봄을 맞이했지만 여전히 내 가게는 현상 유지밖에 못했고, 낮에 커피를 팔지 않는 대신 연중무휴의 영업이 새벽까지 계속되었다. 물론 손님을 끌기 위해서는 홍보가 가장 중요하다. 그러자면 우선은 가게의 분위기를 바꿔야 했다. 들어오는 순간 탄성이 나올 정도로 인테리어를 멋지게 꾸며야 한다는 것이 숙원 과제였다.

세한이 과거 F 카페에서 했던 것처럼, 유명한 가수들의 사진을 벽에 붙이기로 했다. 처음에는 시디 커버를 스캔해서 이미지를 모아 커다란 포스터를 만들었다. 보기엔 근사했지만 비용이 너무 많이 들었으므로 포스터 두어 개로 금세 여윳돈이 바닥났다. 그래서 다음 달에는 음반 커버를 컬러 복사해서 그대로 벽에 붙였다. 엘피와 시디의 사진을 복사해서 벽지처럼 도배를 하는 식이었는데 그 편이 훨씬 나았다. 비용도 얼마 안 들고, 벽과 종이의 질감이 그대로 느껴졌다.

그 과정에서 깨달은 한 가지 사실은 많은 가수들이 앨범 커버에 인물 사진을 쓰고 있다는 것이었다. 두어 달이 지나서 벽 전체가 사진으로 가득 찰 즈음에는, 사방 벽에서 수십 개의 커다란 얼굴들이 일제히 실내를 바라보고 있다는 것을 알게 되었다. 좋아하는 가수들의 사진이 아니었다면 정말 섬뜩한 느낌이었을 것이다.

벽에 더 이상 무언가를 붙일 곳이 없어진 후에는 맥주 냉장고나 기둥과 천장에도 사진을 붙이고, 구석구석에 꼬마전구를 달고, 음악 신청을 받은 메모지로 액자와 포스터 사이를 메우면서 몇 달을 보냈다. 그로 인해 손님이 많이 늘어난 것 같지는 않았지만 가게의 분위기는 확실히 달라졌다. 몇 달 만에 찾아온 조 화백으로부터 가게가 점점 멋있어진다는 칭찬을 듣기도 했다.

가게 천장에 길고양이가 와서 새끼를 낳은 것이 바로 그때였다. 작년 가을부터 천장에 쥐가 다녀서 쥐약을 놓아 잡았더니만, 이번 봄엔 고양이가 와서 살다가 장마철에 새끼를 낳았다. 그런데 이것들이 크면서 하도 긁고 울어대니 시끄러워 견딜 수가 없었다. 참다못해 이번에도 쥐약으로 잡아보려 했는데, 약국에 가보니 독극물로 된 쥐약은 이미 판매가 금지되어 '쥐포수'라는 끈끈이만 팔고 있었다. 천장 위의 고양이를 끈끈이로 잡을 수는 없다. 바퀴약, 개미약, 쥐약은 있어도 본래 고양이약이란 것은 없다.

고양이 새끼들은 밤이 늦을수록 더 크게 울어댔다. 손님들은 에드거 앨런 포의 추리소설이 떠오른다며 농담을 했지만 내게는 재미있지 않았다. 매일 손님들에게 고양이에 대한 설명을 하는 것도 지쳤다. 내가 천장을 뚫자고 했더니 세한은 정확한 위치를 알 수 없는 상태에서 그건 너무 무모하다고 했다. 게다가 나중에 사건이 재발하면 또 뚫겠느냐며 참자고 했다. 천장 위로 드나드는 어미를 잡아서 처형하면 새끼들을 아사餓死시킬 수는 있다.

"어미 고양이를 잡겠다고요?"

물론 농담이다. 어릴 때 집에서 개나 닭을 키운 적은 있지만 모두 죽기 전에 팔았다. 어머니는 병아리 때부터 직접 키운 닭을 잡았더니 맛이 없다고 했다. 보신탕도 먹긴 하지만 잡아서 먹은 적은 없다. 고양이는 키워본 적도 없다.

"고양이는 귤 냄새를 싫어한대요."

세한의 이론에 따라 시장에서 귤 열댓 개를 사다가 껍질을 모아 천장에 붙은 등을 열고 위로 올려놓았지만 아무런 효과가 없었다. 여름에 파는 귤은 비싸다. 게다가 제철이 아니어서 맛도 없었다. 세한은 귤을 까먹고 껍질만 올려놓았기 때문에 효과가 없었을 것이라고 했다.

"너무 미워하지 마세요. 고양이 새끼들은 하루 종일 긁어대고 이가 나면 뭐든 물어뜯고 그래요. 천장 위에 전선을 물어뜯을 수도 있지만 아마 끊어지지는 않을 거예요."

"기다려보세요. 고양이는 혼자 생활하는 동물이니까 조금 크면 나갈 거예요."

하는 수 없이 새끼들이 커서 나가기만을 기다리기로 했는데, 그나마 모두 다 살아서 나가는 게 아닌 모양이어서 얼마 후에 썩는 냄새와 함께 파리가 많아지곤 했다. 우리는 자연의 잔혹함에 몸서리를 쳤다. 여름에 태풍으로 큰비가 오자 화장실 지붕에서 비가 새기 시작했다. 천장에 스민 빗물은 남자 소변기 앞으로 떨어졌고 이상하게 오물 냄새가 많이 났다. 따라서 나를 비롯한 모든 남자들은 비가 오는 날이면 소변기 앞 40센티미터 정도에 서서 중거리포를 쏘았음이 틀림없다.

그해 여름에는 두 군데서 비가 샜다. 화장실은 그렇다 치더라도 출입구 쪽의 문제는 심각했다. 배전반으로 빗물이 떨어져 누전차단기가 젖었으므로 화재의 위험도 있었다.

건물주는 여든이 넘은 노인치고는 목소리에 힘이 있고 교활할 정도로 정신도 맑았다. 지붕 수리를 부탁했더니 방수 공사를 하려면 돈이 너무 많이 드니 보증금과 월세를 20퍼센트 올려야겠다고 했다. 내가 억울한 표정을 짓자,

비가 새지 않는 쪽으로 배전반을 옮기라는 것이 그의 대안이었다. 배전반을 옮기려면 벽과 천장을 뚫고 전기 배선을 다시 해야 한다. 그래서 생각다 못해 누전차단기를 비닐로 싸두었는데, 소나기가 퍼붓던 어느 날 비닐을 덧붙이다가 된통 전기를 먹은 적도 있었다. 어릴 때 100볼트 전기에 데어본 적이 있지만 220볼트는 차원이 달랐다.

매상에는 변화가 없었지만 자연의 변화가 있었다. 겨울이 오자, 비도 벌레도 없어져서 천장 위의 보이지 않는 위험들을 잠시 잊을 수 있었다. 그러나 지붕 아래 어딘가는 틀림없이 썩고 있을 것이므로 천장이 무너져 내리기 전에 반드시 가게를 팔아야겠다고 다짐했다.

옆 건물의 분식집은 권리금을 넉넉히 받고 가게를 팔았다. 부동산 경기가 좋아서 권리금으로 삼천만 원 정도를 남겼다는 말을 편의점 주인에게 들었다. 하지만 이 술집의 권리금을 올려 받는 일이 쉽지 않게 되었다는 것은 알고 있었다. 그동안의 노력에도 불구하고 내 가게는 가을이 지나면서 예쁜 카페가 아니라 지저분한 가게로 유명해지고 있었기 때문이다.

손님들은 누전의 위험까지는 몰랐겠지만 화장실 냄새를 모르는 사람은 없었을 것이다. 그중에서도 비누가 가장 유명했다. 이 지저분한 화장실에서 아무도 손을 씻지 않는 바람에 비누 한 개로 해를 넘겼고, 그 때문에 (닳지 않는 신비한 비누라는) 소위 말하는 '만년 비누설'이 돌았다.

몇몇 여자들은 근처 햄버거 체인점 화장실을 사용했다. 남에게 피해주는 일을 누구보다 싫어하는 O양은, 다른 업소의 화장실을 쓰는 것이 눈치 보인다며 매번 나갈 때마다 프렌치프라이를 사와서 다른 사람들에게 나눠주곤 했다. 나는 비만 오면 손님들에게 이 낡은 건물과 건물주의 문제점에 대해 길고 장황한 설명을 했다. 그러나 천장 위에서 죽은 고양이 새끼에 대해서는 자세히 이야기할 수 없었다.

7

이제는 일상에 완전히 익숙해졌고, 전혀 변화가 없는 하루가 이어졌다. 새벽 5시, 마지막 손님이 나가기를 기다려 화장실을 청소하고, 쓰레기를 버리고, 내일 쓸 물건들을 문자 메시지로 주문한다. 오늘 얼마를 팔았고, 다시 올 손님은 누가 있으며, 누가 무슨 술을 얼마나 마셨는지 기억해둔다.

출근한 지 열두 시간 만에 가게 밖으로 나오면 도심의 새벽 공기가 마치 삼림욕을 하는 것처럼 시원하게 느껴졌다. 한적한 새벽의 택시들이 나를 태우려고 슬금슬금 다가와 눈치를 본다. 거리를 청소하는 환경미화원들은 아직 나오지 않았고, 노숙자들이 으슥한 골목 한구석에 박스를 깔고 누워 있다. 이 시각에는 실연하고 길가에 앉아 있던 남녀들도 슬픔을 체념으로 거둔 것인지 모두 어디론가 가고 없다. 가까운 차고지에서 나온 버스들이 음울한 소리를 내며 지나갔다. 체력이 달리고 피곤한 날은 캄캄한 새벽에

첫차를 타고 나오는 사람들이 유령 같아 보였다.

집에 도착해서 잠자리에 들면 다음 날 점심때까지는 컴컴한 반지하 단칸방에 누워 아침을 모르고 지냈다. 어쩌다 손님이 많아 담배 연기를 너무 많이 마시면 다음 날 일어날 때 온몸을 두들겨 맞은 것 같은 느낌이 든다. 그렇게 눈을 뜨고 나서도 오후 내내 낮잠을 자거나 티브이를 틀어놓고 멍한 상태로 누워 있었다. 너무 게을러져서 밥 먹는 것도 귀찮고, 누워서 빈둥거리는 일밖에 할 수 없었다.

4시가 되면 찌뿌듯한 몸을 억지로 일으켜서 샤워를 하고, 늦은 오후의 거리를 걸어 버스 정류장으로 간다. 이때는 사람이든 차든 뭐라도 가까이 다가오면 아무 이유 없이 속에서 화가 치민다. 어젯밤에 받은 스트레스가 다음 날 출근길에 되살아나는 것이다. 종로에 도착해서 그날의 유일하게 제대로 된 식사를 하고 나면 다시 가게로 간다. 이리저리 흐르는 차량의 물결 속에서 방금 퇴근한 직장인들의 자유로운 발길을 부러운 눈빛으로 쳐다보며 걸었다.

돈이 모이지는 않았지만 매달 평탄한 자금의 흐름이 유지되고 있었다. 이렇게 단순하게 반복되는 힘들고도 안전한 생활은 휴일을 앗아가며 집과 가게를 오가는 단순한 패턴의 삶을 만든다. 어쩌다 다른 데 간다는 게 예식장이나 장례식장이고, 영업이 끝난 뒤 청진동에 해장국을 먹으러

가는 정도다. 얼마 안 되는 휴일 매상이라도 1년치를 계산해보면 일요일에 문을 닫기가 쉽지 않다. 직원을 고용해서 문을 열게 하면 되겠지만 일요일 매상에서 인건비와 원가를 제하고 나면 남는 게 없다. 하루 중 온전한 내 시간은 오후에 한두 시간 티브이를 켜놓고 누워 있는 것뿐인데, 그것을 제외하면 가게 일과 잠밖에 없다.

쉬는 날이 없으니 피곤이 쌓이고 짜증이 는다. 술을 주문할 때마다 반말을 하는 손님이 있어서 대꾸 없이 무시했더니, 잠시 후에 그가 이런 불친절한 가게에서는 돈을 못 내겠다고 했다. 하는 수 없이 사과와 변명을 하면서 겨우 돈을 받았는데, 그는 나갔다가 다시 들어오기를 두 번이나 반복해서 나도 똑같은 사과를 두 번 반복해야만 했다.

한번은 나와 상관없이 손님들끼리 크게 싸움이 난 적도 있었다. 일요일이었는데 초저녁엔 운이 좋았다. 가게 문을 열자마자 남자 여덟 명이 와서 보드카를 두 병 주문했다. 30분이 지나자 직장인 같아 보이는 열 명이 와서 데킬라 두 병을 주문했다. 희한하게도 열여덟 명이 모두 남자였는데, 두 그룹이 취해서 서로 술을 부어주고 친구처럼 어울려 마셨다. 신청곡이 쇄도하고 초저녁부터 노래를 따라 부르는 술판이 벌어졌다. 그런데 갑자기 어디선가 "너 왜 반말해, 이 새끼야!" 하는 소리와 함께 서너 명이 바닥에서

뒹굴었다.

싸움은 길지 않았지만 다친 사람들이 있어서 누군가 경찰을 불렀고, 모든 상황이 정리된 것이 10시쯤이었다. 사람들이 모두 나가자 나는 얼른 가게 문을 닫고 집으로 갔다. 저녁 10시밖에 안 되었지만 팔만큼 팔았으니 누가 다쳤거나 말았거나 오랜만에 일요일 밤을 집에서 쉬고 싶다는 생각이 가장 먼저 들었다. 그날 가게에 다른 손님이 없던 것이 무척 다행스러웠다. 큰 볼륨의 록 음악이 취한 사람들을 더 거칠게 만든 것 같았다.

로큰롤의 세계는 내가 상상하던 것보다 훨씬 폭력적이고 무례했다. 인문학 서적에 등장하는 록의 저항성이나 폭발성 같은 말들을 술집에 적용하면 완전히 해석이 달라진다. 술 취한 록의 저항성은 아무것이나 대상이 정해지면 폭발한다. 화장실에서는 말도 못하게 취한 사람들이 비틀거리면서 세수수건에 매달리는 바람에 한 달이 멀다 하고 나사못으로 박아놓은 수건걸이가 떨어져 나갔다. 환풍기는 (화장실이었기 때문에 이유를 확인할 수 없이) 1년에 두세 번 정도 망이 깨지거나 살이 부러져서 새것으로 교환해야 했다. 복도에는 원래 열두 개의 손바닥만 한 액자가 붙어 있었다. 누군가가 자꾸 액자를 떼어가서 목공 본드로 벽에 붙여놓았더니 얼마 못 가서 차례로 유리가 부서졌다. 그날은 록의 저항성이 사람으로 향하는 날이었다. 음악이 좋아서 이 일을 시작했더라도 엄연히 이것은 술장사고, 내 머릿속에는 몇 년 만에 처음으로 일요일 저녁을 집에서 쉴 수 있겠다는 생각뿐이었다.

회사를 다닐 때는 여자 친구가 있었다. 그러나 연중무휴로 일하며 월세를 걱정하는 사람은 정신적으로 누굴 만날 여유가 없다. 그녀는 내가 장사를 시작한 지 1년이 지나자 다른 남자를 만나겠다고 했는데, 어떤 놈팡이인지는 몰라도 최소한 주말에 데이트할 시간은 있는 놈이었을 것이다. 밤낮이 거꾸로 되자 체력이 달려서 오후 내내 누워 있게 되었다. 그리고 3년이 지나자 연중무휴의 영업 자체가 힘겨워졌다. 일과 잠 중에 점점 더 잠이 중요해졌다.

휴식이라는 단순한 신체적 필요성을 지켜주지 않으면 몸에서 가장 약한 곳이 무너져 내린다. 내 경우엔 잇몸 질환으로 인한 치주염이 생겨 왼쪽 아래 어금니를 못쓰게 되었다. 임플란트 수술을 했던 날에도 수술비를 벌어야 한다는 생각에 가게를 열었다. 해열제와 진통제를 먹었으므로 잇몸에 통증을 느끼지는 않았지만 얼굴 전체가 뜨거웠다. 가게의 음악 소리가 커서 평소에도 항상 크게 말해야 했는데, 목소리를 조금만 크게 내면 수술 부위가 터질 것 같았다. 임플란트 비용은 그간 일요일 인건비를 절약해서 모은 돈과 맞먹었다. 직원 안 쓰고 힘들여 모은 돈을 고스란히 입에 털어넣은 셈이다.

돈 때문에 연중무휴로 근무를 해온 것은 확실히 멍청한 짓이었다. 세한이 대리로 승진한 후에는 일주일에 사나흘 정도밖에 오지 않았으므로 이제는 직원을 써야 했다.

"사장님, 레몬이 두 개밖에 없잖아요! 또 잊어버리셨어요?"

지금도 그녀의 목소리가 들리는 듯하다.

"가게 오픈 시간 다 됐는데 무슨 돼지갈비예요? 그냥 김치찌개나 먹어요!"

함께 일한 지 세 달이 지나자 아르바이트가 내게 야단을 친다. 그녀가 사장 같고, 나는 종업원의 자세로 일한다. 사장보다 일을 잘하는 종업원을 뽑은 것이다. 나는 조금이라도 가게 문을 늦게 열거나 일찍 퇴근해서 농땡이를 치려는 순간마다 그녀에게 야단을 맞았다.

미선이 오기 전에 일했던 직원들을 생각하면 기가 막힌다. 맨 처음엔 키가 훤칠한 남자 직원을 고용했다. 음악을 목숨처럼 사랑한다고 해서 뽑았더니, 제정신이 아닌 사람이었다. 처음 한 달 동안 건들거리며 서빙 하다가 술이 잔뜩 담긴 쟁반을 엎은 것이 두 번, 개수대에 위스키 병을 떨어뜨려 설거지거리 컵들을 모두 부순 것이 두 번, 음악에

심취해서 칵테일을 타다가 위스키가 철철 흘러넘치는 줄도 모르고 헤드뱅을 하던 날에는 더 이상 조심하겠다는 말을 믿을 수 없었다. 그는 이 모든 것을 한 달 안에 해냈다.

두 번째 고용한 친구는 음악을 좋아하고 동작도 민첩했다. 그런데 나중에 유심히 보니, 바닥에 떨어진 새우깡을 냉장고 밑으로 차 넣고, 불붙은 담배꽁초를 쓰레기통에 넣거나 그러지 않으면 내가 화장실에 갈 때마다 금고에 손을 댔다.

그 후로는 여직원만 뽑기로 했다. 세 번째는 운이 좋게도 얼굴이 뽀얗고 예쁘장한 휴학생을 고용했다. 나는 면접 때부터 확신이 있었다. 이 여자가 아무리 일을 못해도 참을 수 있을 것이라고 연신 고개를 끄덕였지만, 그녀의 성격이 얼마나 소심했던지 "사장님, 제가 잘할 수 있는 일은 세상에 하나도 없는 것 같아요"라는 말과 함께 두 달 만에 자진 사퇴했다. 그 후에 (벌써 기억에서 희미해진) 과묵한 여대생이 하나 있었던 것도 같은데, 늘 말이 없어서 그냥 혼자 내버려두었더니 아무 말 없이 그만두었다.

미선은 해남에서 고등학교를 졸업하고 서울로 왔는데, 방송통신대학 영문과를 다니고 충무로 디자인 회사에서 경리로 일한다. 야근이 없어 내 가게에 오기 전에도 주말에 계속 일을 해왔기 때문에 카페 일에는 도가 텄다. 간단한 칵테일은 물론, 내 메뉴판에는 있지도 않은 두부 김치, 낙지볶음, 화채, 알탕을 만들고 과일 안주 세팅도 할 줄 알았으며(특히 멜론 조각을 길게 잘라서 과일 안주 한가운데에 수직으로 세우는 기술은 감동적이었다) 만능 따개가 아닌 구식 캔 따개로 2킬로그램짜리 나초 치즈 캔을 30초 안에 열었다.

나는 그녀와 일하면서 체력을 어느 정도 회복할 수 있었다. 미선이 일한 지 3개월이 지나자 주말에는 주방 일과 단골 관리에 대해 전혀 신경을 쓰지 않아도 될 정도였다. 그녀는 내 카페에서 5년을 일하면서 손님들이 모이고 떠나가는 것을 보았고, 그동안 치러지는 모든 행사의 뒷일을 도와주었다. 주말 이외에도 일손이 필요해서 도움을 청할 때면 (데이트가 있는 날을 제외하고는) 마다하는 법이 없었다. 그리고 스물아홉이 되던 해에 달력을 보다가 깜짝 놀라며 여기서 20대를 다 보냈다고 혀를 차며 그만두었다. 이 장의 마지막은 순전히 그녀에 대한 감사의 마음으로 쓴다.

8

어느 날 유명한 사람이 손님으로 왔다. 요 근래엔 매스컴에서 이름을 못 들은 것 같았지만, 10년 전까지는 꽤나 인기 있는 FM 라디오 디제이였다.

"아, 이것 참 수고 많습니다."

내게 이런 인사를 하는 사람은 많지 않다. 경험 많은 선배들만이 하는 인사였다. 풋내기는 언제나 자신의 경력을 부풀리기에 바쁘고, 베테랑은 일하는 사람을 격려한다. 그는 처음 만날 때부터 스스럼없이 나를 대했다. 오래전에, 그가 라디오 방송국 디제이가 되기 전에는 종로의 어느 음악다방에서 디제이를 했었다고 들었다. 나는 까마득한 후배가 되는 셈이고, 그래서 내게 호감을 가졌으리라 생각했다.

그는 내가 가게를 인수하기 전에 있던 커피숍의 단골이었다고 했다. 잠시 음반과 오디오를 둘러보더니, 장사는 좀 어떠냐고 내게 물었다. 아무튼 고마운 일이어서 나는 예의상 하는 대답을 했다. 돈은 안 되지만 그냥 좋아서 하는 일이다 등등. 이어서 그는 내게 다른 하는 일이 있느냐고 물었는데, 혹시 시간이 있으면 자기하고 같이 일을 할 생각이 없느냐는 것이다.

"얼마 안 있어 내 팬클럽에서 웹진을 만들 예정인데, 어때요? 거기 음악이나 카페에 대한 글을 올려볼 생각 없어요? 음악 팬들끼리 서로 소식도 나누고, 그러면서 가게 홍보도 하고, 그렇게 하면 도움이 될 거예요. 사람이 뭔가 일을 하면 사회에서 원하는 사람들이 있는데, 그런 사람들을 모을 수 있어야 돼. 내가 지금은 지방에 가 있지만, 곧 메이저 방송으로 복귀할 거예요."

과연 라디오에서 듣던 것과 똑같이 목소리가 부드럽고 좋긴 했다. 연락처를 받아들고 저녁 늦도록 이런저런 고민을 하고 있었는데 자세한 설명을 들은 세한은 그의 제안에 강력히 반대했다.

"형, 그건 아닌 것 같아요. 자기 팬클럽에 이용하려고 그러는 거잖아요."

나도 맞장구를 치며 그를 위해서 일할 생각은 전혀 없다고 대답했다. 그러나 속으로는 웹진에 참가하고 싶은 마음이 있었다. 그가 나를 이용하는 만큼 나도 그 팬클럽을 이용할 수 있는 것 아닌가. 아무 일도 하지 않고 가만히 앉아서 손님이 오기만을 기다릴 수는 없는 노릇이었다.

내친김에 결론부터 말하자면, 아무리 기다려도 그의 웹진은 만들어질 기미가 보이지 않았다. 팬클럽도 매우 실망스러운 수준이었다. 업데이트도 잘 안 되고, 신입 회원 인사 글이 지난 두 달 동안 세 개뿐이었다. 하지만 그날 나누었던 대화만큼은 결코 잊을 수 없었다. "사람이 무슨 일을 하면 사회에서 그걸 원하는 사람들이 있다." 그 말이 끊임없이 머릿속에서 맴돌았다.

이후 인터넷 포털 사이트에 블로그를 개설했다. 노래 가사를 번역하고 가게에서 보았던 술꾼들의 에피소드를 모았다. 두어 달이 지나고 블로그 이웃이 늘면서 차츰 어떤 분위기냐, 위치가 어디냐, 주로 무슨 음악을 트느냐 등의 구체적인 대화를 하게 되었다.

물론 그 정도의 노력으로 성공했다는 이야기는 아니다. 블로그 이웃들이 하나둘씩 물어물어 찾아왔지만 단골이 되는 일은 드물었다. 오히려 (그때 운이 나빠서였겠지만) 내게 오해와 실망감만 안겨주고 떠났다.

그중 맨 처음 찾아온 '지미'라는 남자는 자신을 수필가이자 대필 작가라고 소개했다. 그런데 최근에 어떤 글을 대필했느냐고 묻자 비평이라는 대답이 돌아왔다. 비평을 대필한다는 이야기는 처음 들어보았는데, 더 이상의 대답은 없었다.

그와 함께 온 여자는 말할 때마다 약간 미간을 찌푸리는 버릇이 있는 고양이 같은 인상이었다. '카피캣'이라는 아이디를 쓰는 그녀는 자신을 사진작가라고 소개했다. 그녀 역시 어느 매체에서 활동하는지에 대해서는 입을 다물었다. 다만 이 술집이 무척 마음에 든다며 자주 오겠다고 했다.

그런데 일주일이 지난 후, 카피캣은 비 오는 날의 텅 빈 바닷가를 찍은 사진과 함께 "떠나지 않으면 만남은 없어요"라는, 의도를 이해하기 힘든 내용의 문자를 내게 보냈다. 혹시나 하는 마음에 무슨 뜻이냐고 연락했더니 이틀 동안이나 답이 없다가, 어처구니없게도 그녀는 부산 사투리를 쓰는 어떤 남자와 술을 마시러 왔다. 매우 실망한 나는 배신감을 느껴서 아는 척도 하지 않았는데, 나중에 알고 보니 그들 주변에는 또 다른 여자와 남자들이 정확히 파악할 수 없는 인간관계로 복잡하게 얽혀 있었다. 음악과 술을 좋아하는 사람들이었지만 너무나 소모적이어서 나는 본연에 충실하기로 했다.

그 후에는 음악 동호회에 가입했다. 처음 가입한 곳은 롤링 스톤스 팬 카페였다. '정크'라는 아이디를 쓰는 사람이 운영하는 동호회로, 내 블로그 이웃도 두어 명 가입해 있었다. 한때 영국에 살았다는 그는 런던에 대한 이야기를 많이 했는데, 영어 발음을 지나칠 정도로 많이 굴리는 편이었다. 운이 꼬여서 한국으로 다시 들어오기 전에는 (이름을 밝히지 않은) 영국의 어떤 잡지에 음악 평론을 쓴 적이 있다고 했고, 자신이 매우 예술적인 사람이며, 롤링 스톤스 다음으로는 퀸을, 특히 〈보헤미안 랩소디〉를 아주 좋아한다고 했다.

그는 사람들에게 좋은 음악을 들려주는 디제이는 정말 대단한 직업이라며 나를 추켜세웠다. 나는 면전에서 그런 칭찬을 듣는 것이 어색해서, 내 인생의 몇 년을 투자했지만 얻은 것은 별로 없다고 대답했다. 그러자 그가 내게 질문했다.

"투자를 많이 하셨나 봐요?"

얼마 후에 그는 롤링 스톤스의 유럽 공연 전체를 따라다니겠다며 팬 카페에 공지를 올리고 떠났다. 모든 회원이 부러워하며 공연 사진을 올리라고 성화였지만 그날 이후로 다시는 그의 아이디를 인터넷에서 볼 수 없었다.

나는 두세 달 정도 또 다른 동호회 회원들과 연락하며 인맥을 만들어보려 했지만 비슷한 식으로 시간을 낭비했다. 그럼에도 불구하고 그들의 이야기를 나열하는 이유는, 그런 과정을 통해서 조금씩은 손님이 늘고 있었기 때문이다.

정작 단골이 된 사람들에 대해 기록하기는 매우 힘들다. 그들은 일행 중 비교적 조용한 사람들이었기 때문이다. 언제 누구와 함께 왔는지도 잘 기억이 나지 않는다. 반대로 처음 만날 때부터 "여기 분위기 너무 좋아요. 자주 올게요"라고 말하는 사람은 거의 단골이 되는 법이 없었다.

인터넷 카페 이야기를 한 뒤로 세한이 동호회 친구들을 자주 데리고 오는 것 같았다. 특히 조 화백이 고문으로 있는 블루스 동호회는 내 가게에서 정기 모임을 가졌기 때문에 자주 오는 회원들과는 개인적인 이야기도 조금씩 나누는 사이가 되었다. 그중에 소연이라는 여자가 있었는데, 세한은 자기가 지금껏 본 중에 가장 예쁜 여자라고 했다. 그녀는 내 가게에서는 그리 놀랄 만한 행동을 하지 않았지만 학창 시절에는 꽤나 유명했다고 한다. 술을 잘 마셔서 한때 '미아리 깔때기'라는 별명을 가진 적이 있고, '또라이'라고도 불린다는 것으로 보아 평범한 인물은 아닌 것 같았다. 세한은 그녀가 이효리보다도 더 예쁘다고 했는데, 내 보기엔 그 정도까지는 아니더라도 예쁘긴 했다. 옷을 화려하게 입는 편이었지만, 의외로 반골 기질이 강해서 언제나 야당을 지지했고 민중가요와 헤비메탈 등 뭐든 저항감이 깃든 것이면 다 좋아했다. 가끔씩은 도심에서 열리는 반정부 시위에도 참여했다고 들었다.

그런데 그날은 얇은 어깨 끈이 달린 하늘하늘한 상의에 짧은 스커트를 입고 와서는, 아까 시청 앞 광장에서 시위대 선두에 끼어 행진하려다 복장 때문에 쫓겨났다고 투덜거렸다. 예쁜 옷을 입었다고 시위에 참여하지 못하게 한 것은 시위대 집행부가 보수적인 때문이 아니냐며 단호하게 비판한 뒤, 오늘 밤에 홍대 앞 클럽에 공연을 보러 가야 했기 때문에 복장은 어쩔 수 없었다고 했다.

세한은 소연에게 마음이 있는 것이 분명했는데, 옆에서 대충 보니 동호회 안에 경쟁자가 서넛은 더 있는 것 같았다. 늘 그렇듯이 음악 감상 모임이 끝나자 삼겹살에 소주를 마시러 다 함께 어디론가 떠났다.

다음 날 저녁에 나타난 세한은 몹시 우울해보였다. 나는 연애가 잘 안 되어서 그러는 것이냐고 물었다. 그는 자신이 여자 운이 없는 것은 이해하겠는데, 현재 가게에 있는 손님의 성비性比가 문제라고 했다. 손님은 모두 열세 명이었다. 자신을 포함해서 남자가 일곱, 여자가 여섯, 다시 말해서 여섯 커플과 장세한이다. 다른 모든 사람은 쌍쌍인데 자기만 혼자라서 기분이 좋을 수가 없다는 것이다(나도 혼자였지만 손님이 아니라는 이유로 그의 계산에서 제외되었다).

그날의 손님들 중 몇 사람은 단골이었다. K일보에 다니는 신문기자는 세한의 대학 후배로, 동료 기자들과 함께 오는 경우가 많았다. 여럿이 있는 자리에서는 호들갑을 떨고 목소리가 엄청나게 커서 무슨 대화를 하는지 가게 전체에서 알아들을 수 있었다. 하지만 오늘처럼 여자와 단둘이 있는 경우에는 술을 적당히 마셨고 목소리도 낮았다. 그러다 술이 필요하면 직접 카운터로 와서 정중하고 조용한 목소리로 주문했다.

맨 안쪽 테이블에 앉은 여자는 언제나 세련된 정장을 입고 다닌다. 그녀의 버릇은 내가 주문을 받으러 테이블로 가면 살짝 눈을 마주치며 입가에 희미한 미소를 짓는 것이었다. 나는 그녀가 내게 관심을 가지고 있다고 생각했는데, 나중에 알고 보니 세한도 나와 똑같은 생각을 하고 있었다. 그녀는 지난 1년 간 다섯 명의 남자를 데려왔고, 같은 남자와 두 달 이상 같이 온 적은 없었다.

오늘은 술에 취해 쓰러질 듯 비틀거리는 그녀를 남자가 부축해서 들어왔다. 여자를 간신히 자리에 앉히고 남자는 화장실로 갔는데, 뜻밖에도 화장실 문이 닫히자마자 그녀는 벌떡 일어서서 카운터로 걸어와 영업이 몇 시에 끝나느냐고 또박또박한 말투로 물어보고 돌아갔다. 그리고 핸드폰에 새로운 문자 메시지가 있는지 간단히 확인한 뒤, 남자가 돌아올 때쯤 테이블에 엎드렸다. 두 사람은 데킬라 더블샷과 맥주를 한 잔씩 시켜놓고 마시는 둥 마는 둥 10분 만에 일어섰는데, 그녀는 다시 비틀거리며 남자에게 안겨서 간신히 걸어 나갔다.

그러나 그날 이후에도 주문할 때마다 눈을 마주치며 입가에 희미한 미소를 짓는 버릇은 여전했다. 그녀는 자신의 자유분방한 행동에 스스럼이 없었고, 점점 더 자주 오면서 단골이 된 후에는 자신에게 중요한 남자를 하나 만나게 되었다. 다른 커플들은 내가 기억할 정도로 단골은 아니었지만, 세한을 제외한 모두가 나름대로 재미있는 세상을 살고 있는 것 같았다.

9

그렇게 몇 달이 지나자 손님들의 부류와 나이가 점점 다양해졌다. 겨울에도 짧은 바지를 입고 다니며 항상 핸드폰을 들여다보는 여대생이 가장 어렸고, 반백이 다 된 머리에 얼굴이 큰 DK 아저씨가 가장 나이가 많았다.

DK 아저씨는 골목 입구에 있는 제과점 주인이다. 어느 대기업에서 정년퇴직하고 장사를 시작했다고 들었다. 제과점 역시 대기업 체인점이고 직접 빵을 만들지는 않는다. 그는 나보다 1년 늦게 이 골목에 들어왔지만 아직도 장사꾼 티가 나지 않았다. 오히려 책을 많이 읽은 사람 특유의 조용함이 느껴졌다. 항상 밤늦게 얼근하게 취한 상태로 혼자 와서 황도 안주에 생맥주를 마셨는데, 세대가 달라서 다른 단골들과 친구로 섞이기는 어려웠다. 혼자 오는 사람은 혼자 마시기 마련이지만 어쩐지 그에게 미안한 감정을 가지게 되었다. 매너가 좋은 사람이고, 이 근처에서 장사를 하는 사람 중에 유일하게 단골이 된 사람이었기 때문이다.

낙원상가 악기점 일을 하다가 운이 나빠져서 퀵 서비스 기사로 전락한 사람도 있었다. 그는 바에 앉아 오토바이 헬멧을 쓴 상태로 음악에 맞춰 머리를 흔들고 (헬멧을 썼으므로) 술을 빨대로 마시는 것이 주특기였는데, 누구든지 옆에 앉는 사람에게 음악이 뭔지 아느냐고 물은 다음 "음악은 뮤직"이라고 말하고 스스로 이것을 대단한 농담으로 여겼다. 그는 쾌활한 성격이어서 항상 남들을 웃기려고 노력했지만, 계산을 치르고 난 후에는 울분에 찬 표정으로 카드 전표를 구겨서 복도에 버리고 나갔다. 그래도 다음에 카페를 찾을 때면 여전히 어린아이 같은 천진난만한 웃음을 지으며 단골들에게 인사했다.

애초에 그러려고 온 것은 아니었겠지만 나를 괴롭히는 사람들도 있었다. 처음 만났는데도 무턱대고 나와 음악 취향이 똑같다는 사람을 여럿 보았고, 그중에는 내가 하루 전에 블로그에 올린 음악 상식을 도리어 내게 설명해주는 사람도 있었다. 또 어떤 사람은 비틀스가 역사상 가장 훌륭한 밴드라고 말하고, (내가 롤링 스톤스의 팬이라는 것을 인터넷상에서 공공연히 밝혀왔기 때문에) 은근히 롤링 스톤스를 비하하면서 나를 자극하기도 했다.

그 밖에 이곳을 찾는 이들은 대부분 궁색한 대학생, 과장급 이하의 직장인, 인기는 없고 복수심만 가득한 화가나 기타리스트, 연극과 영화판의 최하위 스태프 등 직업은 다양하지만 처지가 비슷한 사람들이었다. 당연한 말이겠지만, 가게의 분위기와 술값이 손님의 계층을 어느 정도 결정해주고 있었다.

"나는 사람들을 몰고 다녀."
"나만 가면 희한하게 그날 손님이 많더라고."
이건 미신이다. 다른 사람들이 그 술집을 선택한 날, 나도 같은 장소를 선택했다는 사실을 자기중심적으로 해석한 결과다.
'날파리'는 그런 미신과 정반대의 인물이었다. 손님을 모이지 않게 하는 능력이 워낙 뛰어나서, 그가 오는 날이면 워낙 손님이 없고 파리만 날아다닌다고 해서 생긴 별명이다. 1년 넘게 단골로 왔는데 그가 오는 날은 거짓말처럼 손님이 적었고 그가 마시는 술도 적었다. 열흘에 한 번 정도 들러서 500cc 생맥주 한 잔으로 한 시간 반 정도를 마셨다. 누가 술을 사주지 않으면 보통은 두 잔을 마시고 갔다. 그 역시 자신이 손님을 끄는 편이라고 말했지만 그가 오는 날에는 기적에 가까울 정도로 손님이 없었다.

나는 그를 좋아하지 않았는데, 아무에게도 술을 산 적이 없는 그가 항상 술을 얻어먹고 싶어한다는 사실을 알고 난 후부터였다(반대로 서비스 술이나 안주를 사양하는 사람에게는 더욱 주고 싶은 마음이 든다). 일러스트레이터였던 그는 항상 돈이 부족했다. 모처럼 손님이 많던 어느 날, 날파리는 정말 예외적으로 어떤 여자를 데려와 위스키 한 병을 외상으로 마시고 간 뒤 다시는 나타나지 않았다. 지인의 말로는 술값을 갚기로 한 날에 약속을 지키지 않은 것이 미안해서 올 수 없었다는 것이다. 그에 대한 마지막 기억은 위스키 한 병이었다. 그리고 그가 떠나자 점점 손님이 늘었다. 아니, 그는 손님이 모이기 시작할 즈음에 떠났다.

반면 W는 미신을 믿게 만드는 사람이었다. 그가 오는 날에는 언제나 손님이 많았고, 자신이 술을 워낙 많이 마셔서 매상이 더 높았다. 한 달에 한 번이나 두 달에 한 번 정도 왔기 때문에 나는 어떻게 하면 그가 단골이 될 수 있을까 늘 고심했다. 그래서 다른 사람들보다 술값을 조금 싸게 해주었다. 정말 희한하게도 그가 내 가게를 찾기 시작한 것은 날파리가 떠난 직후의 일이다.

처음부터 손님들의 이름을 알지 못하므로, 이처럼 각각의 특징에 따라 별명을 지어서 불렀다. 섀도우맨이 단골이 된 것도 그 당시의 일이다. 항상 과묵하고 있는 듯 없는 듯 마치 그림자 같아서 우리는 그가 있다는 것을 잊어버릴 정도였다. 미선도 서빙을 하다가 우연히 그와 눈이 마주치면 깜짝 놀랐고, 어쩌다 그가 없는 날이면 없어서 놀라곤 했다. 처음엔 그가 누구인지, 왜 항상 혼자 와서 술을 마시는지 다들 궁금해했다. 사람들이 말을 붙여보았으나 그냥 회사원이며 혼자 책 읽을 곳이 필요하다는 대답뿐이었다. 나중에 알고 보니 그는 시나리오 작가를 꿈꾸고 있었다. 어쨌든 섀도우맨은 '가구'라는 또 하나의 별명이 붙은 첫 번째 단골이었다. '심야 가구'라고 불린 W를 포함해서, 자주 오는 술꾼들은 그런 별명을 썩 좋아하는 것 같지 않았으나 별 불만도 없는 것 같았다.

그 당시에 만난 사람 중에는 세한이 재즈 동호회에서 알게 되었다는 허태영이 가장 걸작이었다. 허풍과 과장이 심해서 '허세 태영'이라는 별명이 붙어 있었다. 한번은 내가 주말을 어떻게 보냈느냐고 물었더니 이렇게 답했다.

"오우, 집에 올리브 오일이 좋은 게 있어서 가알릭 좀 넣어서 스빠게리 해 먹었어요."

그는 술자리에서 나오는 모든 주제에 대해 아는 척을 해댔는데, 매번 끝을 올리며 뚝 잘라 말하는 버릇 때문에 약간 거만하게 들렸다. 딱히 미남은 아니나 키가 크고 남들의 시선을 끄는 패션 감각이 있었다. 퇴근할 때면 왁스로 앞머리를 세우고 실처럼 가는 넥타이를 매거나, 넥타이가 없는 날은 왼쪽 가슴 주머니에 파란색 손수건을 꽂고 다녔다. 이유를 알 수 없지만 넥타이와 손수건을 동시에 쓰는 날은 없었다. 그는 자신이 포스트모더니즘을 경멸하고 고전적인 가치를 존중하는 사람이라고 주장했다. 그래서 (그런데도) 아버님이 입던 30년 된 양복을 수선해서 입고, 금색으로 된 전자시계를 차고 다닌다고 말했다.

태영은 방구석에 처박아놓은 엘피 레코드가 7~800장쯤 되는데, 언제 그것들을 다 정리해야 할지 모르겠다고 한숨을 내쉬었다. 옆에서 이야기를 듣던 세한이 턴테이블은 어느 회사의 제품이냐고 물었을 때, 그는 이렇게 대답했다.

"아버지가 쓰시던 건데, 아주 오래된 거야."

"그러니까 어디 건데?"

"일제인 것 같아."

"파이오니아?"

"아마 그럴 걸? 너무 오래된 거여서 잘 모르겠지만 무게도 꽤 나가. 바늘의 침압도 상당히 높더라고."

"침압이 높다고? 그럼 추를 돌려서 낮추면 되잖아?"

"침압을 낮춰? 아, 뭐, 그러면 되지."

“집에 턴테이블이 있는 거 맞아? 레코드판이 7~800장이라며?”

“좌우간 그 판들을 치우라고 어머니가 맨날 뭐라고 하셔. 언제 시간이 나야 그걸 정리하는데…….”

태영은 이쯤에서 화제를 돌려, 고등학교 때 레드 제플린 카피 밴드의 보컬이었다고 말했다. 그리고 지금은 재즈 뮤지션이기 때문에 록 그룹 보컬 따위는 얼마든지 소화해낼 수 있다고 으스댔다.

“고등학생 때 레드 제플린을? 대단한데?”

세한은 다분히 의심스럽다는 표정으로 질문했다. 아마도 의심을 품는 것에 서서히 재미를 붙이고 있는 것 같았다.

“그땐 목소리가 꽤나 하이 톤이었거든.”

“말 나온 김에 노래방 가서 한번 불러보자.”

“지금?”

“노래를 들어봐야 우리 밴드 보컬을 시키든 말든 하지.”

“누가 한대?”

“록 밴드 보컬은 얼마든지 소화한다며?”

“근데 군대 갔다 온 이후로는 고음이 잘 안 나와. 군대에서 변성기를 겪었나봐.”

그런데도 나는 점점 태영이 좋아졌다. 모든 주제에 대해 아는 척을 하기 위해서는 알고 있어야 할 것이 꽤 많아야 하고, 또 잘난 척을 할수록 너무나 빠르게 자신의 허점만 들추어내는 결과가 되어버렸기 때문에 그를 미워하는 사람은 아무도 없었다. 어쨌든 그는 똑똑한 사람이었고, 한편으로는 일부러 그렇게 행동하는 것일지도 모른다는 생각이 들었다.

나중에 알았지만 그는 취할 때마다 이야기를 지어내는 것이 버릇이었다. 초등학교 5학년 때부터 아버님에게 술과 담배를 배웠기 때문에 언제나 정신과 자세를 똑바로 하고 앉아 있을 수 있다고 했다. 아버님에게 직접 물어볼 수도 없어서 으레 그렇겠지 하고 넘어갔다. 그런데 언젠가 그가 기사도 정신을 발휘했던 날에는 (초등학생 때 술을 배워서 그런 것인지 모르겠지만) 아무리 취해도 정신과 자세가 똑바로 되어 있다는 것은 확인할 수 있었다.

어느 날, 밤 12시가 다 되어서 몸을 제대로 가누지 못할 정도로 마신 노인 한 분이 가게로 들어왔다. 똑바로 걷지도 못하는 노인이 술을 달라고 하는데, 아무래도 팔면 안 될 것 같았다.

"야! 여긴 나 같은 사람 오면 안 되는 데야? 왜 사람을 무시해!"

나와 세한이 아무리 집에 들어가시라고 해도 말이 통하지 않았다. 20분 정도는 실랑이를 했던 것 같다. 그런데 갑자기 태영이 일어서더니 그 노인의 어깨와 혁대를 잡고 복도로 끌고 가기 시작했다. 그러자 노인은 태영을 보고 연속해서 외쳤다.

"야, 이놈이. 이거 안 놔?"

"놔라 이놈아, 넌 애비 에미도 없냐?"

"이놈아! 경찰서로 가자!"

그러더니 이번에는 노인이 태영의 멱살을 잡았다. 두 사람은 서로의 혁대와 멱살을 잡고 밖으로 나갔다.

잠시 후에 태영이 돌아왔는데, 파출소에 들어가서 당직을 서는 경찰을 보자마자 노인은 갑자기 태도가 바뀌어서 연신 자기가 잘못했다며 사과했다고 한다. 그 경찰이 노인을 알아보는 것으로 보아, 아마도 이런 일로 파출소에 간 것이 처음이 아닌 모양이라고 했다.

나는 그때까지만 해도 태영이 얼마나 취했는지 몰랐다. 회사에서 접대를 마치고 밤 12시가 다 되어서 왔었고, 내 가게에서는 맥주 두 병을 마셨을 뿐이어서 고마운 마음에 돈을 받지 않겠다고 말했다. 하지만 그는 한사코 돈을 내겠다고 했다. 술값은 팔천 원이었다. 나는 만 원짜리를 건네받고, 장난 삼아 거스름돈으로 오천 원짜리 두 장을 내주었다. 그런데 그는 돈을 보고도 천 원짜리인지 오천 원짜리인지 구별하지 못했다.

"제가 왕년에 바텐더를 했던 사람입니다. 공과 사는 분명히 해야죠. 오늘은 돈을 내야 합니다. 얻어먹는 건 다음에……."

그는 한쪽 눈을 찡긋하더니 실처럼 가는 넥타이를 고쳐 매고 밖으로 나갔다.

10

어느 날 세한이 가게에서 공연을 하자고 진지하게 제안했다. 처음엔 그냥 "언제 한번 해보는 게 어때요?"라고 떠보는 식이어서, 나는 그저 지나가는 말로 흘려듣고 있었다.

공연을 하려면 드럼 세트와 앰프, 스피커, 콘솔 같은 장비가 필요한데, 빌려서 쓰자니 아무리 싼 곳을 찾아도 하루 임대료로 사십만 원은 줘야 했다. 그 돈이 내 토요일 매상보다 많아서 공연 날 아무리 많이 팔아도 원가를 제하고 나면 적자가 날 게 뻔했다. 내가 난색을 표하자, 밴드 멤버가 돈을 모아 장비 임대료의 반을 내겠다고 했다. 그런 제안을 듣고 나니 마냥 거절하기는 어렵게 되었는데, 무엇보다 그들이 내 가게의 가장 좋은 단골이었기 때문이다.

이런 일로 감정이 상하면 좋을 게 없다. 정말 태영에게 보컬을 맡긴 것이냐고 묻자, 같이 노래방에 갔던 친구들은 다들 의외로 쓸 만하다는 반응이었다. 선뜻 내키지는 않았지만 주변 친구들을 끌어 모으는 좋은 계기가 될 수 있고, 공연보다 더 많은 관심을 끄는 홍보가 어디 있겠느냐는 세한의 말을 듣고 나니 하루쯤 장사를 밑지는 것은 어쩔 수 없는 일로 여겨졌다.

세한은 열정적으로 그 일에 매달렸다. 밴드 멤버들에게 연락해서 날짜를 잡고, 장비 임대료가 가장 싼 곳을 알아보고, 다음 날에는 회사 업무 시간에 공연 포스터를 세 가지나 만들었으며, 매일 태영과 만나서 연주할 곡목을 상의하고 합주실을 예약하는 등 발 빠르게 움직였다.

그러나 공연 시간이 두 시간은 되어야 했으므로 그날 공연에 참가할 다른 연주자가 필요했다. 세한의 밴드는 일곱 곡 정도의 연습을 맞추어놓고 있어서 두 시간을 채우기에는 레퍼토리가 모자랐다. 게다가 다른 밴드가 합류하면 그쪽 친구들이 올 것이므로 관객을 더 모으고 가게 홍보를 하기에도 그편이 더 나을 것 같았다.

나는 세한이 정한 스케줄에 따라 공연에 참가할 연주자를 구한다는 공고를 인터넷에 올렸다. 우리가 제시한 공연 참가 원칙은 까다롭지 않았다. 파티 같은 공연이므로 당연히 오디션 같은 것은 없고, 보수도 없지만 참가비도 없고, 잘하면 박수, 못하면 야유라는 원칙하에 맥주를 공짜로 마실 수 있다고 했다. 처음에는 (어차피 많은 참가를 기대하지는 않았지만) 지원하는 사람이 없었다. 이색적인 제안들뿐이었다. 조 화백은 공연 때 그림 전시회를 같이 여는 것이 어떻겠느냐고 했고, 바자회를 겸하자는 의견이나 시 낭독을 하자는 사람도 있었다. 재미있는 아이디어라고 생각되었지만 그런 행사를 주관하겠다고 나서는 경우가 없어서 채택되진 않았다. 정작 공연에서 연주하겠다는 밴드를 구하기는 어려웠다. 공연 무대에 노래방 기계를 가져다놓으면 몇 곡 불러보겠다는 여자가 하나 있었는데, 거절하기가 그리 어렵지는 않았다.

일주일이 지나서야 한 명의 지원자가 나타났다. 나는 블로그 이웃인 그녀가 치과 간호사이며, 어느 록 동호회 회원이었다는 것 정도만 알고 있었다. 어쨌거나 반가운 연락을 받은 우리는 직접 만나서 구체적인 이야기를 하기로 했다. 그리고 사전 검열이나 출연료가 없다는 원칙과 공연 당일 맥주는 공짜로 마실 수 있다는 것을 다시 한 번 강조했다.

그런데 다음 날 가게를 찾은 것은 뜻밖에도 남자 둘이었다. 내게 쪽지를 보냈던 간호사는 오지 않았다. 알고 보니 그녀는 친구일 뿐이고, 본래 밴드의 일원이 아니라고 했다. 나는 뭔가 잘못되고 있다는 생각이 들었다.

한 남자는 소매와 어깨에 징이 박힌 가죽 점퍼를 걸치고, 긴 곱슬머리 가발에 검은 중절모를 쓰고 있었다(두어 달 뒤에 그가 약혼녀와 함께 왔을 때는 모자가 없었고 짧은 머리였기 때문에 그는 '가발맨'이라고 불렸다). 덩치가 크고 목소리가 굵은 그는, 예전에 나름대로 유명했던 어느 헤비메탈 밴드의 기타리스트였다고 들었다. 그는 인천의 누구와 부산의 누구, 그리고 자기가 한때 한국의 3대 '속주速奏' 기타리스트로 불렸다고 자신을 소개했다. 보컬을 맡고 있다는 깡마른 체구의 후배는 가발맨과 정반대의 인상이었다. 매직 스트레이트에 모발 영양을 준 것이 틀림없는 매끈한 머리를 좁은 어깨 밑으로 늘어뜨리고 있었으며, 미간이 좁고 앞니가 약간 튀어나온 데다 시종일관 다리를 떨고 있어서 매우 불안한 인상을 풍겼다. 어쨌든 그들은 지원자였고 공연에 대한 구체적인 이야기를 하려면 세한이 있어야 하는데, 오늘은 회사에서 조금 늦는다는 연락이 왔다.

가발맨은 메뉴판을 한참 동안 주의 깊게 살펴보다가 보드카를 병째로 주문했다. 이미 술을 좀 마시고 온 것 같았는데, 공연 이야기를 하러 온 사람이 양주를 병째 주문하는 것은 좀 이상했다.

"원 샷!"

가발맨은 굵고 낮은 목소리와 입을 많이 움직이지 않고

느리게 말하는 습관 때문에 영화배우 최민수 씨의 말투를 연상시켰다. 항상 진지한 표정에 농담을 하지 않는 편이었고 좀처럼 웃는 일이 없었다.

"어우, 씨바, 이걸 그냥 마셔요?"

목소리가 가늘고 높은 후배는 가발맨이 시키는 대로 보드카를 단숨에 들이키더니, 목을 길게 빼고 쿨럭대다가 바닥으로 길게 침을 늘어뜨렸다.

"야, 임마, 어디다 침을 뱉어?"

"나오는데 어떡해요?"

"재떨이에 뱉어!"

가발맨은 자기 나름대로는 교양인의 매너를 가르치는 중이다.

"레드 제플린의 드러머 존 본햄이 바로 이 술을 마시다 간 거야."

"진짜요?"

"그것도 몰라? 록을 한다는 놈이 이 정도는 마셔줘야지."

그런데 이번엔 잔을 비운 가발맨이 인상을 찌푸렸다. 그리고 술병을 들고 자세히 들여다보다가 다시 후배에게 말했다.

"이건 스웨덴산이야. 본래 보드카는 무색, 무맛, 무취야. 근데 이건 소주 맛이 나잖아. 물론 존 본햄은 진짜 러시아

산 고급 보드카를 마셨겠지만, 성공하기 전엔 이런 것도 마실 줄 알아야 돼."

"사장님, 콜라 좀 주심 안 돼요?"

후배가 내게 말했다. 음료수를 서비스로 주는 건 대수로운 일이 아니지만, 보통 보드카에는 콜라를 타지 않는다. 토닉 워터를 섞는 편이 나을 거라고 대답하려는데 가발맨이 나서서 가로막았다.

"야, 인마, 타긴 뭘 타? 제니스 조플린은 항상 잭 다니엘 위스키를 병째로 들고 다녔어. 짐 모리슨도. 사장님, 여기 맥주 좀 주세요."

가발맨은 보드카 토닉 대신 폭탄주를 만들었고, 후배는 한 잔 받아 마신 뒤 바에 엎드려 졸기 시작했다. 나는 그들이 헤비메탈 밴드라는 것은 이미 들었지만 어떤 곡을 연주할지가 궁금했다. 가발맨은 "우리는 조금 특별한 스타일을 추구한다"고 말하면서 내 눈을 정면으로 응시했다. 동시에 테이블 위에 팔꿈치를 올리고 두 손으로 깍지를 끼었는데, 정색을 한 표정이 매우 도전적으로 보였다.

나는 그들이 어쩐지 마음에 들지 않았다. 더구나 이 사람들의 행색으로 봐서는 당연히 친구들의 매너도 거칠고 무례할 것이고, 공연 당일에는 문신이나 체인으로 온몸을 무장한 이단아들이 단체로 찾아와 가게를 점령하는 게 아닌가 하는 걱정도 들었다. 그러나 공연에 참가하겠다는 다른 밴드는 없었다.

나는 그동안 끊임없이 나를 괴롭혔던 저조한 영업 실적에 대해 진지하게 생각해봐야 했다. 나는 언제나 돈이 부족했는데, 이제는 벌 때가 되었고 누가 돈을 벌어줄지는 중요하지 않았다. 그러려면 뭔가 일을 더 해야 하고 모두에게 공정하게 대해야 한다.

한 시간 정도 늦게 도착한 세한은 나와 같은 고민은 하지 않는 것처럼 보였다. 그들은 간단한 서로의 소개와 함께, 사용할 악기의 종류와 몇 개의 앰프와 마이크가 필요한지 물어보고, 그중 어떤 것을 빌리고 또 어떤 것을 자신이 가져올 수 있는지에 대한 의견을 교환했다. 공연 경험이 있는 사람들끼리의 대화는 한결 자연스러웠다. 세한은 마지막으로 공연 당일의 스케줄에 대해 좀더 이야기를 나눈 뒤, 연습이 있다며 곧바로 홍대 앞 합주실로 향했다.

11

오후 2시에 공연 장비가 도착했다. 처음 만들어진 무대는 재미있는 구경거리였다. 술꾼들이 하나둘 도착해서 기타나 베이스를 둘러메고 무대로 올라가니 완전히 다른 사람처럼 보였다. 모든 연주가 훌륭하게 들리고 긴장감도 있었다. 이때는 리허설이었으므로 연주를 하다가 틀리거나 중단되더라도 상관없었다. 우리는 십여 명의 무리를 이루며 서로 연주자와 관객이 되어 연주를 감상했다. 의자를 빼곡하게 놓으니 맨 앞줄에 앉으면 연주자의 기타가 손에 닿을 정도로 무대와 좌석이 가까웠다. 연주자들도 객석 맨 앞 테이블에 자기가 마시는 맥주나 음료수 잔을 놓아둘 수 있었다. 나는 무대 쪽 전등의 밝기를 조절하면서 실제로 공연이 시작되면 분위기가 어떨까를 상상했다.

그러나 리허설이 끝난 뒤에는 점점 긴장이 풀리면서 나른해졌다. 나는 평소보다 다섯 시간이나 일찍 출근해서 가게 문을 열었기 때문에 무척 피곤하고 졸렸다. 당장 해야 할 일이 없으면 멍하니 앉아 있는 경우가 많았다. 사람들은 모자라는 연습량을 채우면서 소음을 만들고 있었다. 제각기 기타를 치고 하모니카를 불어대느라 무척 시끄러웠다. 때로는 연습이 지겨웠는지 이것저것 아무 노래나 생각나는 대로 기타를 치는 사람도 있었는데, 옆 사람이 무슨 노래인지를 알아맞히면 매우 기뻐하곤 했다.

나는 이미 공연을 위한 모든 테이블 정리를 끝낸 상태여서, 담배를 피우는 사람들이 여기저기 돌아다니며 재떨이에 재를 털 때마다 짜증이 났다. 그러는 와중에도 태영은 의자를 붙여놓고 낮잠을 잤다. 공연 전에 잠을 조금 자야 머리가 개운하고 힘도 난다는 것이다. 가발맨 밴드의 보컬은 낮부터 쉬지 않고 공짜 맥주를 마셨다. 세한은 두 시간에 한 병 정도를 마셨고 나머지 사람들은 맥주보다는 물을 마시는 편이었는데, 취하지 않은 상태로 모여 있는 상황이 익숙지 않았는지 다들 말수가 적고 좀 서먹했다. 나도 그동안 이 사람들을 밤늦은 시각에만 보았기 때문에 이들의 낮과 밤 중 어느 쪽이 정상적인 모습인지 혼란스러웠다.

본래 삼십 명 정도 들어오면 가게가 가득 차는데, 한 구석에 무대를 만들고 나니 스물댓 명이 앉을 공간밖에 없었다. 그 이상의 관객이 온다면 늦게 온 사람은 서서 공연을

봐야 하지만 그런 걱정을 할 정도로 많이 올 것 같지는 않았다.

두 시간이 느릿느릿 지나갔다. 세한의 인터넷 동호회 친구들이 도착한 것은 5시가 조금 넘어서였다. 나는 소연과 그녀의 친구들 그리고 조 화백을 기쁘게 맞이했다. 평소와 다른 분위기에서 한꺼번에 찾아온 단골들을 보니 한결 더 반가운 느낌이었다.

장사를 하다보면 한 번도 함께 온 적 없는 손님들이 서로 친구였던 경우가 흔히 있다. 나는 일행 중에 연정을 발견하고는 조금 놀랐다(세한이 여섯 커플을 쳐다보며 우울하게 앉아 있던 날, 일부러 취한 척 비틀거리기도 하고 주문할 때마다 눈을 마주치며 수줍게 웃던 그녀의 버릇이 기억난다). 그녀는 동호회 회원은 아니었지만 조 화백의 대학 후배고 소연과는 다른 동호회에서 만난 친구라고 했다. 잡지사 기자인 연정은 아는 사람이 많았고 평소에도 혼자 오는 일이 거의 없었다. 어쩌다 혼자 와서 마시는 날에는 끊임없이 누군가와 문자를 주고받다가, 어느 순간 갑자기 활발한 기운을 되찾아 어디론가 떠나곤 했다.

사람들이 모이고 인사를 나누면서 점점 시간이 빨라졌다. 어딘가 불안하고 긴장이 되고, 하는 일도 없이 마음만

바빴다. 나는 의자 사이에 손님이 다닐 수 있는 동선을 만들었다가, 중간에 의자를 몇 개 더 놓았다가 다시 본래대로 돌려놓는 일을 반복했다. 공연을 보러 오는 사람이 과연 얼마나 될까? 개업 초기에 손님이 오기를 기다리던 것과 비슷한 초조함이 되살아났다. 소연은 친구들과 함께 싸구려 부채를 사겠다며 인사동으로 나갔다. 곧이어 연주자들도 모두 저녁을 먹으러 나가서 가게는 잠시 조용해졌다.

"사장님, 버번 밀크 한 잔 주시죠."

낮잠을 자고 일어난 태영은 저녁 식사 대신 술이나 한 잔 마시겠다고 했다. 손님 중에 버번 위스키에 우유를 섞어 마시는 사람은 태영 한 사람뿐이었다. 위스키 싱글 한 잔에 3 대 1로 우유를 섞는다. 왜 그런 이상한 조합을 만드느냐고 묻자, 그는 어떤 영화에 나오는 알코올중독자가 마시던 술이라고 했다. 어떤 맛인지 궁금해서 나도 조금 마셔보았는데, 생각보다는 나쁘지 않았다.

"제가 캐나다에 있을 때 바에서 버번 밀크를 시키니까, 바텐더가 뭐 이런 놈이 있느냐는 식으로 놀라서 쳐다보더라고요. 그건 알코올중독자들이나 마시는 술이거든요."

태영은 대학 시절에 자신이 진정 원하는 일을 찾겠다며 캐나다로 떠난 적이 있다고 말했다. 거기서 1년 만에 깨달음을 얻고 돌아왔다고 한다. 하루는 해가 쨍쨍 내리쬐는 밴쿠버 해변을 20킬로미터 정도 걸었다는데, 그래서 뭘 느꼈냐고 묻자 아무것도 없었다고 했다. 그냥 걷기만 했을 뿐인데, 그 후로 자기가 진정으로 원하는 한 가지 일이 없다는 걸 알았단다. 그건 자기만 그런 게 아니고, 어떤 한 가지 일에 평생 몰두하는 게 오히려 이상한 일이라는 것이다. 그렇지 않다면 평범한 직장인으로 늙겠다는 사람이 세상 어디에 있겠느냐고 덧붙였다. 그래서 지금 다니는 회사에 마음을 붙이고 있긴 하지만, 캐나다에서 재미있는 일이 아주 없진 않았던 모양이었다.

"사장님은 외국 여자하고 잔 적 있어요?"

"없어. 그런데 왜 갑자기 그런 걸 묻지?"

"지금 나오는 노래가 밴 모리슨이잖아요."

겨우 1년 살다 와서, 그것도 어학연수만 하고 온 주제에 무슨 말을 꺼낼 때마다 "내가 캐나다에 있을 때", "우리 캐나다에서는" 하면서 시답잖은 농담을 하던 그가 이번엔 여자 이야기를 꺼냈다.

"제가 캐나다에 살 때 캐롤이라는 여자가 있었는데……."

캐롤, 캐롤라인, 뭐 어쨌거나 그런 이름에, 키가 160센티미터, 몸무게는 90킬로그램쯤 되어 보이는 스물네 살 먹은 백인 여자였는데, 몸매와 달리 얼굴만큼은 예뻤다고 한다.

어느 날 파티가 끝나고 그녀가 술 한 잔 더 하자며 자기 아파트로 가자고 하더란다. 좌우간 술은 잘 먹고 볼 일이다. 종합상사 영업부 직원으로 접대가 주특기인 그 친구는 술 하나는 잘 마신다. 무슨 일인지 몰라도 부모님은 독일에 가 있고, 그녀는 방이 세 개 있는 커다란 아파트에 혼자 살고 있었다고 했다.

"라이Rye라고 하는 캐나다 술을 꺼내왔고 마리화나도 좀 피웠는데, 왜 그런지 그 집에 가서는 취하지를 않더라고요."

술은 먹는 둥 마는 둥 하고 둘이 소파에 붙어 앉아 있으니 당연히 서로에게 끌리더란다. 키스도 하고 더듬기도 했는데 왜 그랬는지 모르지만 그녀는 가까이 가면 은근히 밀쳐내고 떨어지면 다시 가까이 다가오는 일을 반복했다고 했다.

"서로 이야기도 많이 하고 느낌도 좋았는데 말이죠. 여자란 정말 이해할 수가 없어요. 그러다 갑자기 음악이 듣고 싶다고 엘피 판을 꺼내왔어요. 밴 모리슨을 그때 처음 들었어요."

두 사람은 취향이 비슷하고 잘 통해서 그때부터 밤새도록 음악에 대한 이야기를 했다고 한다. 그런데 현관을 나설 때 그녀는, 여자가 밴 모리슨을 틀면 같이 자도 된다는 뜻이라고 하더란다. 나는 결론이 궁금했다.

"그런데도 그냥 나왔단 말이야?"

"밤이 지났으니까요. 다음에는 같이 잘 수 있을 거라고 생각했죠."

"그래서, 다음에 어떻게 됐다는 거야?"

"사장님, 버번 밀크나 한 잔 주시죠."

태영은 평소에도 본심을 알 수 없는 엉뚱한 말을 하는 편이었다. 오늘 공연에 누군가를 초대했느냐고 묻자, 그는 "관객이 여자고 무대는 침대"라며 공연에서 밴 모리슨 노래를 부를 것이라고 다시 한 번 말했다. 정확히 기억은 안 나지만, 그건 오래전에 어떤 유명한 가수가 했던 말 같기도 하다.

나중에 근처 영어 학원에서 일하는 캐나다 사람들에게 여자가 밴 모리슨을 틀면 같이 자도 된다는 뜻인지를 물어보았는데, 모두 그런 이야기는 처음 들어본다고 했다. 그 중 한 사람은 비장한 표정을 지으며 말했다.

"캐나다에 돌아가면 내가 아는 모든 여자에게 밴 모리슨 음반을 사줘야겠군."

12

7시 반이 되자 현관 앞에서 기다리기라도 했다는 듯 갑자기 사람들이 쏟아져 들어왔다. 식사를 마치고 돌아온 가발맨 밴드와 친구들, 세한의 밴드와 친구들, 그리고 단골 손님들이 섞이자 가게는 순식간에 발 디딜 틈도 없이 가득 찼다. 이때 나는 처음으로 인산인해를 이룬 가게의 모습을 보게 되었는데, 분위기가 평소와 너무 달라서 마치 다른 술집에 온 것 같았다. 손님들은 모두 반갑게 인사하고 자기소개를 하며 삼삼오오 무리를 이뤘다. 실제로 공연은 8시에 시작할 예정이었지만 포스터에는 7시 30분으로 공고되어 있었다. 사람들이 늦게 오면 어떡하나 하는 걱정과 함께 조금은 기다리게 해야 한다는 생각도 있었다.

"손님들이 언제 시작하느냐고 자꾸 물어보는데요?"

"이제 시작하죠?"

세한과 태영이 연달아 내게 물었다. 가게를 가득 메운

손님과 연주자들이 뒤섞여 앉아서 공연 시작을 기다리고 있었다. 계획대로라면 아직 10분이 남았지만 더 이상 시간을 끌기는 어려웠다.

"결국 사장님의 자존심은 20분이었군요."

근래 들어 새도우맨도 조금씩 농담을 던지기 시작했다. 카페의 테이블을 한쪽으로 밀고 무대까지 만드니 안 그래도 작은 술집이 더 작아졌다. 삼십여 명의 관객만으로 실내가 빼곡했고, 공기는 점점 덥고 혼탁해졌다.

가발맨 밴드가 느린 블루스 곡으로 시작했다. 하지만 예상대로 첫 곡이 끝나자 불을 뿜기 시작했다. 가발맨은 지난번에 자신을 소개한 것처럼 손이 정말 빨랐다. 깡마른 보컬은 일단 한번 고음으로 올라가자 듣고 있기가 힘들 정도로 귀가 아팠다. 낮부터 마신 맥주 때문에 자기 목소리가 전혀 들리지 않는 모양이었다. 다만 객석 중앙을 차지한 가발맨 밴드의 친구들이 열광했는데, 당초 내 예상과 달리 문신과 체인으로 중무장한 이단아들은 아니었다. 그들은 인터넷 게임 리니지 동호회 길드로, 모두 남자였고 대부분 검은색 계통의 티셔츠를 입고 있었기 때문에 객석 가운데가 특히 어두워보였다. 공연이 끝나고 보컬이 해명한 바에 의하면, 일부러 친구들을 중앙으로 오게 한 것이었다. 무대 앞 중앙에 여자들이 많이 앉아 있으면 너무나 마음이 설레고 긴장이 되어서 목소리가 작아지고 노래가 잘 안 된다는 것이다. 다행히 가발맨 밴드의 무대가 끝나자 '사냥을 마친' 리니지 길드가 자리를 떠서, 서 있던 손님들이 앉을 자리와 걸어 다닐 수 있는 복도가 생겼다.

솔로 가수들이 무대로 나섰다. 첫 번째 순서로, 수줍은 표정의 덩치 큰 간호사가 가발맨의 기타와 함께 노래했는데, 그녀가 바로 내게 연락한 블로그 이웃이었다. 노래는 제목을 알 수 없는 느린 발라드였고 어딘가 트로트 창법이 섞여 있었지만 그래도 먼젓번 보컬보다는 듣기에 편했다. 기타와 노래가 잘 어울리는 것 같았다.

솔로 연주 중 가장 인기가 있었던 것은 세한의 까마득한 학교 후배인 베이스 연주자의 무대였다. 그는 두 곡을 불렀다. 첫 곡은 "I want you"로 시작하는 조용한 노래였는데, 1절이 끝나고 가사를 잊어버려서 그 후에는 기타만 치고 있었다. 연습이 부족해서 가사를 외우지 못했기 때문에 멍하니 천장을 바라보며 쑥스럽게 웃기만 했다. 그런데도 이 키가 훤칠하고 눈이 큰 남자는 여자 관객들의 열렬한 응원과 환호를 받았다. 그러나 두 번째 곡으로 여자 친구와 듀엣을 했을 때는 서로 다른 농담이 뒤섞였다.

"저 여자가 여자 친구래?"

"예쁜데?"

"어머, 엄청 나이 들어 보인다."

"괜찮은데 뭘."

"척 보니까 남자 친구 피곤하게 할 스타일이네."

물론 장난이었겠지만 여기저기서 엇갈린 목소리들이 소곤거리며 깔깔댔다. 노래 실력에 대한 평가를 하는 사람은 거의 없었다. DK 아저씨가 문간에서 웬 소란인가 기웃기웃하다가 내게 간단히 손을 흔들어 보이더니 다시 밖으로 나갔다. 연주가 끝난 사람들은 연신 맥주 냉장고 문을 열고 닫았다. 춤 선생을 따라 왔던 것으로 기억되는 남자 하나는 연주자들 틈에 섞여 공짜 맥주를 먹으려다 미선에게 들켜서 말도 되지 않는 변명을 하며 쩔쩔맸다. 이런 와중에도 섀도우맨은 늘 앉던 자리에서 평소와 똑같은 자세로 그날 마실 분량을 채웠다.

태영은 밴 모리슨의 노래를 했던 것 같은데, 노래보다는 독특한 표정 때문에 보는 재미가 있었다. 자신의 가창력에 스스로 감동하는 연기력이 탁월해서 다들 웃고 있었다. 그때 내 앞에 앉아 있던 연정은 바의 맨 끝에 앉아 있는 여자가 누구냐고 물었다. 태영이 노래를 부르는 동안 그 여자의 눈에서 레이저광선이 뿜어져 나오는 것을 보았다는 것이다. 그녀는 태영이 초대한 직장 동료였다. 어떻게 관객 중에서 그 여자를 꼭 집어내고 레이저광선까지 볼 수 있는지 정말 놀라운 능력이었다.

공연 2부를 시작하기 전에 나도 한 곡을 불러야 했다. 음정을 제대로 맞추지 못하는 나로서는 완전히 고역이었다. 아무리 발뺌을 해도 카페 주인이 한 곡을 해야 한다고 모두에게 떠밀렸다. 고민 끝에 밥 딜런의 짧은 노래를 골랐다. 내 작전은 노래 중간에 대형 케이크를 등장시키는 것이었다. 개업 기념일이 두 달은 지났지만 공연의 명분은 개업 6주년 기념이었다.

힘겹게 1절을 마치고 눈짓을 하자, 미선이 환하게 불이 밝혀진 케이크를 무대 중앙으로 들고 나왔다. 예상대로 모든 관객들은 아이처럼 박수를 치며 좋아했다. 노래는 자연스럽게 중단되었다. 나는 세한과 태영을 불러 건배를 외치며 초를 껐다. 주문 제작한 십삼만 원짜리 기타 모양의 초콜릿 쉬폰 케이크는 삼십 명이 한 조각씩 나눠 먹을 수 있을 만큼 큰 것이었다. 다행히 케이크를 돌린 후에 추가로 팔린 맥주가 케이크 값을 상쇄했다. 뜻밖의 먹을 것을 들고 다니게 된 사람들은 기분이 좋아져서 서로 접시와 젓가락을 넘겨주며 넉넉한 대화가 오고가는 잔칫집 분위기를 만들었다.

이날 낮 최고 기온은 34도였다. 사람이 꽉 찬 가게는 더워도 너무 더웠다. 누군가 아예 현관문을 열어놓았다. 낡은 중고 에어컨은 작은 선풍기 구실밖에 못했고 벽에서 땀이 줄줄 흐른다는 말이 실감이 날 정도로 더웠다. 그래도 더 이상 나가는 사람은 없었다.

세한은 매번 기타 솔로 부분을 틀린다고 걱정을 많이 했지만, 그보다는 기타 음색에 더 많은 신경을 썼다. 그가 추구하는 사운드는 설명하기 어렵다. 자신의 표현을 따르자면 "폭풍이 휘몰아치는 듯한 거친 소리와 가슴 찡한 낭만적인 음색"을 동시에 내는 것이었는데 어떤 장비를 써도 썩 마음에 들지는 않는다고 했다. 어떤 날은 괜찮은 것 같다가도 갑자기 이게 아니다 싶어 바꿔보지만 딱히 정답은 없다는 것이다. 그러나 내가 듣기엔 소리는 괜찮았고, 다만 소심한 성격 때문에 연주할 때마다 기타 앰프의 볼륨을 자꾸 줄이는 게 문제인 것 같았다. 하지만 세한은 자기 기타 소리가 크면 연주의 틀린 부분이 너무 잘 들린다며, 그보다는 새로 산 기타 이펙터 때문에 애를 먹고 있었다. 리허설 때만 해도 제대로 작동되었는데 정작 공연이 시작하자 제대로 소리가 나지 않았기 때문이다. 이펙터 자체의 문제이거나 아니면 콘솔과의 문제일 수도 있지만 기계란 아무 이유 없이 오작동할 수도 있다고 했다. 한 번 전원을 껐다가 켜면 소리가 돌아올 수도 있다는 것이다. 그러나 연주 도중에 앰프와 콘솔을 모두 재부팅할 수는 없는 일이었다.

정말 이상하게도 모든 기계는 공연의 결정적인 부분에서 '제대로' 작동했다. 완전히 정상으로 돌아왔다는 뜻은 아니고, 정확히 말하자면 그가 기타 솔로를 시작하자 앰프가 망가진 것 같은 거친 음이 튀어나왔다. 그날 오후 연습 때는 전혀 듣지 못했던 소리였고, 이후의 공연에서도 세한의 기타에서 그런 울부짖음은 듣지 못했다. 그날 강신술사라도 되었던 것인지, 아니면 기타 앰프나 이펙터가 그 순간 약간의 오작동을 했을 수도 있다. 어쩌면 벽에서 땀이 흘러내릴 것 같이 뜨거웠던 실내 온도가 만들어낸 마법일지도 모르지만, 그 소리에 우리 모두가 놀라고 감동했던 것만은 틀림없다. 정작 세한은 연주할 때 자신의 기타 소리가 정확히 들리지 않았다고 했다. 그러나 관객 중에 반드시 그 연주를 들어야 할 사람은 단 한 사람이었고, 아마 그것으로 충분했을 것이다.

공연이 끝나자 반 이상의 관객이 자리를 떠났다. 가발맨은 약혼녀를 만나러 간다며 일찌감치 일어섰다. 하지만 그의 보컬은 뒤풀이에 남았다. 세 개의 테이블이 길게 붙여지고 연주자와 단골들은 끼리끼리 모여 앉아 본격적으로 마시기 시작했다. 족발, 탕수육과 양장피, 만두 등이 배달되었고 소주와 맥주가 뒤섞였다. 음식 접시가 테이블 위에 나란히 깔려서 뷔페 같은 분위기가 되자 카페는 새로운 활기가 넘쳤다.

공연이 끝났지만 노래가 더 있었다. 기타를 칠 수 있는 사람은 아무나 나와서 노래를 불렀다. 자신을 에릭 클랩튼으로 착각하는 (그날 처음 보는) 손님이 하나 있었고, 완전히 취한 태영은 처음부터 끝까지 가사가 욕으로 되어 있는 노래를 즉석에서 만들어 불렀다. 이번에도 스스로의 노래에 감동한 태영은 표정으로 사람들을 웃겼다. 처음 인사를 나눈 사람들도 이리저리 섞이며 조금 더 친해졌다. 가발맨 밴드의 보컬은 연정이 음식을 가지러 올 때마다 따라와서 계속 말을 걸었고, 연정은 그를 피하려고 수시로 자리를 옮겨 다녔다.

몇몇은 남의 손등이나 팔뚝에 사인펜으로 낙서를 하고 놀았다. 처음엔 '록은 죽지 않는다', '의리', '넌 내 거야' 같은 대단치 않은 문구로 시작해서, 곧이어 '섹스', '팔뚝', '정절', '일진' 등으로 수준이 떨어지더니, 점점 술에 취해서 맨 마지막에는 '왕자지', '언니 왕조개' 등의 단어로 추락하며 깔깔댔다. 내 기억으로는 바에 있는 사인펜 중에 한 개를 제외하고는 모두 유성 사인펜이었다.

빈 술병이 늘고 음식이 줄어들면서 서로 간에 깊은 대화가 오갔다. 몇몇은 마음에 드는 사람을 찾아 연애나 직장에 대한 고민을 털어놓았고, 세한은 소연에게 자신의 음악적 영혼에 대해 설명하기 시작했다. 평소 그는 자신을 '어둡고 신비로운 기타리스트'라고 소개하기를 좋아했지만, 이날은 비교적 진지했다. 평소처럼 키득거리는 그의 웃음소리는 들리지 않았다. 공연이 끝나면 허탈감이 찾아온다며 오히려 진지한 표정을 짓고 있었다. 평소에 말다툼을 자주하는 어떤 커플은 끊임없이 서로 트집을 잡고 싸우면서도 술과 음식은 계속 먹었다. 그러나 목소리가 낮아서 무슨 일로 그러는지는 자세히 알 수 없었다.

아직도 열기가 완전히 식지 않았지만 공연 때만큼은 덥지 않았다. 여전히 현관문은 열려 있었다. 길 가던 손님이 뒤늦게 현관의 포스터를 보고 들어와서 언제 다시 공연을 하느냐고 물었다. 자정을 훨씬 넘긴 거리에는 인적이 줄어들었고, 멀리서 가끔씩 울리는 자동차 경적이 낭만적으로 들렸다. 시원한 새벽 공기가 실내로 스며들고 숨 쉬기가 편해서 기분이 한결 느긋해졌다.

소리를 지르며 신나게 놀던 분위기가 끝나고, 이제는 오늘의 공연에 대한 소감을 나누기 시작했다. 누구의 연주가 제일 인기가 좋았고, 누구는 어떤 부분이 틀렸으며, 다음 공연에는 이런 노래를 하면 좋겠다는 말들이 오갔다. 세한은 누가 묻지도 않았는데, 자기가 틀린 부분이 어느 대목이며 왜 그럴 수밖에 없는지에 대한 설명을 늘어놓았다. 그런가 하면 남들이 전혀 관심을 보이지 않는 부분에서는 자신의 연주가 괜찮았다고 자랑했다. 경청하는 사람은 별로 없었지만 오직 소연 한 사람만은 옆에 붙어 앉아서 고개를 끄덕이며 맞장구를 쳤다.

연주자들이 모인 지 열두 시간이 지났다. 새벽 2시를 넘기면서는 모두가 지치고 취했다. 대화가 줄어들면서 계속 문자를 확인하던 연정은 갑자기 약속이 생겼다며 자리를 떴다. 누군가가 식어빠진 중국 음식의 접시들을 걷기 시작했다. 태영은 여자 있는 술집으로 가겠다고 내게 슬쩍 말하고 어디론가 사라졌는데 정말 그런 것 같지는 않았다. 평소에 그는 퇴폐업소에 대한 말을 한 적이 없다. 어쩌면 (자기 말로는 중학생 때부터 단골이었다는) 강남 교대역 근처의 재즈 클럽으로 갔을지도 모르겠다. 언젠가 재즈 클럽의 파티가 끝나고 밤늦게 내 가게로 온 적도 있으니 말이다. 세한은 나보고 얼른 오라고 하면서 친구들과 함께 길 건너 해장국집으로 넘어갔다.

화장실을 점검하고 쓰레기봉투를 꺼낸다. 미선이 뒷정리를 도와주고 갔지만 남아 있는 할 일은 여전히 많았다. 조명을 낮추어 본래대로 고쳐 달고, 테이블과 의자의 줄을 다시 맞추고, 재떨이와 병따개와 빈 병들이 제자리로 가야 한다. 즐거움과 소란의 마지막 흔적까지 모두 지워져야 하는 시간이다.

시끌벅적한 파티가 끝나고 모두 떠나자 나는 뒤치닥거리를 하는 궁색한 청소부의 자리로 돌아왔다. 이날 매상은 모두 팔십삼만 원, 장비 임대료와 원가 등 모든 비용을 제하고 나면 순수한 내 수입은 십만 원이었다. 공연으로 인해 손님이 더 늘지 않는다면 이날 한 일은 자선사업이 분명했다. 그러나 내 가게가 하루 전보다 조금 더 유명해진 것만큼은 인정하고 싶었다. 이날 가발맨 밴드의 보컬은 공짜 술을 꽤나 마셨는데, 아마도 가발맨이 처음 왔던 날 양주를 병째 주문한 것은 공연 참가비 명목이었던 모양이다.

13

공연은 계절마다 한 번씩 열렸다. 가발맨은 처음 두 공연에 참가했고, 그 이후로는 매번 다른 밴드가 왔다. 공연에 참가한 사람들은 다들 재미있었다고 했다. 딱히 칭찬은 아니었겠지만 한 번쯤 이런 무대에서 연주하는 것도 나쁘지는 않았다는 뜻이었을 것이다. 공연마다 한두 명씩은 가사를 잊어버리거나 티가 날 정도로 연주를 틀렸지만, 항상 먹고 노는 분위기여서 어떻게든 재미는 있었고 손님들은 서로 친해졌다.

점점 단골이 늘어서 일주일 내내 8시가 넘으면 빈자리가 없었다. 아무리 한가한 날에도 하루저녁 한 번은 만석을 채웠다. 주말이면 그 많은 손님들을 또 어떻게 받나 하는 걱정까지 할 정도였다. 다음 해 여름에는 태풍으로 홍수가 났던 날에도 손님이 많았다. 어떤 손님들은 머리가 흠뻑 젖은 상태로 비틀스의 〈노란 잠수함Yellow Submarine〉을 합창하며 들어왔다. 비가 너무 많이 와서 택시가 마치 잠수함처럼 느껴졌다고 했다.

열다섯 평짜리 내 조그만 술집은 매일 손님들로 가득 차서 북적였고 실내 전체에 담배 연기가 자욱했다. 큰 볼륨의 음악과 함께 모두 목이 터져라 떠들거나 노래를 불러서 귀가 멍멍했다. 대부분 무질서한 소음 덩어리였지만, 때로는 비틀스의 〈헤이 주드〉 같은 노래의 후렴구를 단체로 따라 부르는 경우도 있었다. 소연과 연정은 술에 취하면 이 가게에서 가장 목청이 컸는데, 오직 노래를 따라 부를 때만은 비교적 작고 귀여운 목소리를 냈다.

수요일이나 목요일에는 여전히 춤 선생이 제자들을 이끌고 왔다. 이제는 춤추는 사람이 그들만은 아니었다. 가끔은 다리에 힘이 풀려 바닥에 쓰러지는 사람도 있었다. 맥주와 땅콩 부스러기로 더러웠지만 나무 바닥이어서 머리가 깨질 염려는 없었다. 소연은 사람들과 섞여 춤을 추다 자리로 돌아와서 맥주를 한 모금 들이켠 뒤 다시 춤추는 무리에 섞이곤 했다. 바에는 많은 술병이 어지럽게 널려 있어서 그녀는 가끔 남의 맥주를 마시는 일도 있었다. 어느 날은 섀도우맨의 맥주를 들이켰다. 그러자 섀도우맨은 자기 술이 반병은 없어졌다며 그녀를 맥주 도둑이라고 놀렸다. 소연이 사과하며 아무리 한 병 사주겠다고 해도 그는 한사코 거절하며 계속 놀려 먹는 쪽을 선택했다.

밤 11시가 넘으면 거의 모든 사람이 취했다. IT 업계에서 일하는 소연의 친구는 (도대체 어느 의자에서 떼어왔는지) 의자 방석을 쳐들고 복도를 왔다갔다 하면서 "원조 교제하세요. 원조 교제하세요"라고 두 번씩 반복해서 외쳤다. 첫 번째 공연에서 공짜 술을 마시려다가 들킨 바 있는 춤 선생의 제자는 테이블 위에 올라가서 춤추는 것을 좋아했는데, 한 번은 신발을 벗고 올라갔다. 여름이라 양말이 땀에 찌들었을 것이 틀림없기 때문에 영업 마감할 때 그 테이블은 특별히 항균 세제로 닦았다. 그때 그 남자가 회색 발가락 양말을 신었던 것이 생각나서 울컥 짜증이 밀려왔다.

그간 춤을 추다 윗도리를 벗은 사람이 둘인데, 첫 번째는 남자고 두 번째는 여자였다. 남자는 운동을 얼마나 열심히 했는지 상체가 보디빌더 대회에 나온 사람 같아서 '갑각류'라는 별명을 얻었다. 반면 블라우스를 벗은 날씬한 여자는 일단 가게 전체의 환호성을 지르게 만들었지만, 브래지어는 벗지 않았고 많이 마신 맥주 때문에 배가 나와서 오히려 벗은 후에는 다소 조용해졌다. 새도우맨은 술병을 들고 왔다갔다 하면서 최근에 자신이 관심을 갖게 된 스쿠버다이빙의 위험성에 대한 길고 복잡한 이야기를 들어줄 누군가를 찾으러 다녔다. 늘 그렇듯이 어디선가 얼근하게 취해서 온 DK 아저씨는 황도 안주에 생맥주를 마셨다.

12시가 넘어도 이런 소란은 약해지지 않았다. 바에 앉은 단골들이 조금이라도 웃긴 말을 하면 나는 있는 힘을 다해서 크게 웃었다. 신청곡을 틀어주지 않는다고 항의하러 오는 손님들이 싱글벙글 웃는 내 얼굴을 보면 아무런 이유도 없이 같이 웃으며 그냥 돌아가는 경우가 더러 있었기 때문이다.

어떤 날은 시디로 음악을 틀고 있었는데 한 손님이 다가와서 왜 자기 신청곡을 엘피 판으로 틀지 않느냐고 항의했다. 그런데 턴테이블 위에 미처 치우지 않은 엘피 레코드가 돌아가는 것을 보고는 "아, 엘피네?" 하더니 매우 만족하며 자기 자리로 돌아갔다. 나는 지금 나가는 노래가 시디라고 설명할 기회가 없었다. 하지만 그날 이후로는 아무 엘피 레코드나 하나 꺼내어 얹어놓고 영업시간 내내 턴테이블을 계속 돌렸다.

춤 선생의 일행인 S대 강사는 멀쩡할 때는 차분한 학자였다. 프랑스에서 철학을 공부했다는 그는, 술이 들어가면 격렬한 사회주의자가 되어 정치를 비판하는 목소리가 컸고 동시에 반미를 외쳤다. 그리고 맥주 일곱 병을 넘길 즈음에는 항상 (이름을 기억하기 어려운) 어떤 프랑스 여가수의 노래를 듣고 싶어했다. 여기는 록 바여서 샹송이 없다고 대답하면, 늘 그 대신 핑크 플로이드의 노래를 틀어달라고 했다.

그런데 신청곡을 틀면 그의 반미 감정은 극에 달했다. 테이블을 주먹으로 치며 "Fuck the Bush! Fuck the Bush!"라고 후렴구처럼 크게 외쳤는데, 그 노래의 가사도 아니고 전혀 운율도 맞지 않는데다가 그가 외치고 있는 대목의 본래 가사는 "Hey, teacher! Leave the kids alone!(이봐, 선생! 아이들을 내버려둬!)"여서 그 선생이 왜 그러는지 아무도 이해할 수 없었다.

그런 일들이 있고 얼마 지나면 누군가 화장실 또는 화장실 앞에다 토했다. 적당히 좌변기나 바닥에 토하면 그런대로 치우기가 수월한 편이다. 그런데 만일 세면대나 남자용 소변기에 토하면 흔적을 목격하는 순간 욕이 저절로 나왔다. 지금껏 최악의 경우는 (자기 나름대로는 청소를 한답시고) 대걸레로 화장실 바닥 전체에 토사물을 문대어놓은 것인데, 그걸 치우는 데 20분, 걸레에서 이물질을 빼느라 다시 20분을 소비해야만 했다(삼천 원밖에 안 하는 그 걸레를 버리지 않고 빤 것은 정말 멍청한 짓이었다).

꼭 그런 일로 바쁠 때면 세한이 안주를 주문했다. 이게 과연 나를 도와 일하던 놈인가 하는 의구심마저 들었다. 어처구니가 없었지만 이제는 엄연한 손님이고, 더구나 오징어를 하나라도 더 구우면 냄새가 퍼져서 안주 매상이 오른다는, 자기 나름대로는 충정심의 발로였다.

새벽 1시 정도가 되면 한 사람도 빠짐없이 모두 취했고 새로 들어오는 손님들도 만취한 상태였다. 나는 대략 이 때부터 술의 양을 조금씩 줄이기 시작했다. 모든 칵테일에 들어가는 술의 양은 3분의 2로 줄고, 나머지는 얼음으로 채워진다. 생맥주에는 물을 섞었다. 술의 양이 줄어듦에 따라 마시는 속도도 빨라진다. 지금은 그렇지 않겠지만 그 당시의 많은 호프집에서 물을 섞는다는 사실을 미선에게 들어서 알고 있었다(생맥주에 10퍼센트만 물을 섞으면 이처럼 작은 술집에서도 한 달 전기와 수도 값이 나온다). 손님들은 매일 밤 "왜 이거밖에 안 남았어? 내 술 누가 다 마신 거야?"라는 세상 모든 술꾼들의 영원한 관용구를 복창했다. 결국 술의 농도가 어떻든 별 탈은 없다. 이러나저러나 술이 빨리 없어진다는 말은 매일 듣는다.

춤추는 사람들은 점점 흐느적거리고 그에 따라 트는 음악도 조금 느려진다. 애인이 있으면 있는 대로, 없으면 없는 대로, 여기저기서 연애에 대한 긴 고백이 늘어지는데 옆 사람이 열심히 들어주지 않으면 화를 냈다. 때로는 뭔가 진지한 대화를 하면서 고개를 끄덕이지만 옆에서 들어보면 서로 다른 이야기를 하는 경우도 있었다.

그러다 갑자기 쾅! 하고 터지듯이 달아오른다. 새로 들어온 손님들이 그린 데이나 너바나 같은 펑크라도 신청하면 손님들은 그날의 마지막 힘을 짜내어 자리에서 일어선다. 이 난동은 그리 길지 않다. 대략 30분 안에 끝이 나는데, 춤을 추는 동안만 술이 깨어 있고 앉음과 동시에 다시 취한다. 그런 후에는 음악과 사람들의 소음에 어느 정도 간격이 벌어지기 시작한다. 차츰 손님이 줄어들면서 각자 이 시간 이후에 어떻게 할 것인지를 묻는다.

돈도 돈이지만 나는 더 이상 새벽 5시까지 버틸 기운이 없었다. 이제는 새벽 2시면 가게 문을 닫는다. 남은 체력과 함께 마지막 잔을 비운 사람들은 집으로 돌아갔고, 늦게 시작한 주당들은 다시 소주를 마시러 감자탕집이나 해장국집으로 향했다.

태영은 그날 연정과 단둘이 바에 앉아 오랜 대화를 했다. 두 사람은 감자탕을 먹으러 간다고 했는데, W가 멋모르고 따라 나갔다가 (그도 눈치 없는 사람은 아니어서) 빠른 속도로 소주를 들이켠 뒤 장렬히 전사했다고 들었다. 그 뒤에 두 사람이 뭘 했는지는 아무도 모른다. 세한과 소연 역시 둘만의 시간을 갖기 위해 조용한 곳을 찾아 떠났다.

손님이 모두 나가면 다시 뒷정리가 시작된다. 손님들은 저녁 내내 모든 물건의 위치를 변경시켰고, 나는 그 물건들을 원래 상태로 돌려놓는 일을 한다. 언제나 힘든 일이지만 영업 마감 후에 그날 매상을 계산하고 나면, 소음과 담배 연기와 욕설로 가득한 시간은 감내할 가치가 있는 것으로 여겨졌다. 바닥의 쓰레기와 더러워진 화장실은 음주의 불가피한 산물인 듯했다. 장사가 잘되니 마치 영화에서나 볼 수 있는, 뒷골목의 비밀스럽고 멋진 술집을 운영하고 있다는 낭만적인 생각이 들기도 했다. 그와 동시에 취객들이 쏟아내는 비이성적인 감정의 횡포 속에서 살고 있다는 외로운 느낌이 한데 뒤섞여 이상야릇한 뿌듯함으로 다가왔다.

당시는 좋은 시절이었고, 나의 하루는 대부분 이런 식으로 지나갔다. 사람들은 각자 최대한 특이하고 눈에 띄는 행동을 하려고 노력했다. 내가 학창 시절에 가던 록 바의 손님들이 그랬듯이, 지금 이 사람들도 누구에겐가 인정받고 주목받기를 원했을 것이다. 밤새도록 퍼마시고 아무리 떠들어 대도 세상이 바뀔 리 없지만, 그때 그 순간만큼은 다들 자신이 중요한 사람이라는 생각에서 그랬던 것 같다.

14

공연과 파티가 이어지는 동안 새로운 연인을 만나거나 갈등을 겪고 때로는 헤어지는 사람들이 있었다. 컵과 재떨이를 부수며 호기롭게 이별을 선언했다가 잠시 후에 가게 앞에서 무릎 꿇고 비는 남자가 둘 있었고, 바람을 피우다 현장을 들킨 여자가 화장실로 도망간 경우에는 남자끼리 주먹질을 하는 일도 있었다. 그들은 내가 기억할 정도의 단골은 아니어서 구체적인 내막은 모른다. 그러나 그런 일들이 장사에는 도움이 된다. 강 건너 불구경을 하게 되면 손님들의 목소리가 유쾌하기까지 하고 술이 더 팔린다. 가끔은 싸우고 헤어진 커플들이 서로 자기가 단골이니 상대방이 다른 술집으로 떠나야 한다고 버텼다.

지난가을에는 세한이 공연 도중 소연에게 정식으로 프러포즈를 했다. 놀라운 이벤트는 아니고, 두 사람은 이미 상견례까지 한 상태여서 알 만한 사람은 모두 아는 결혼이었다. 연정은 그날 저녁 내내 소연과 붙어 있었다. 예식장, 신혼여행, 예단, 혼수와 심지어 전세금 융자까지 결혼에 관한 모든 것을 묻고 관심을 보였다.

지난 몇 년간 내가 참석했던 손님들의 결혼식은 세 번이 었는데, 서귀포에서 치러진 조 화백의 결혼이 가장 기억에 남는다. 꼭 참석해달라며 거절하기 어려울 만큼 정중히 부탁했기 때문에(더구나 제주도의 결혼식은 비행기 값의 반을 하객에게 주는 것이 관례라고 했다), 나는 개업 이후 처음으로 휴가를 내서 2박 3일간의 제주 여행을 계획할 수 있었다. 결혼식은 서귀포 바닷가의 전망 좋은 호텔에서 치러졌다. 식당에는 돔, 광어, 전복, 성게, 돌문어, 해삼 등 제주산 해산물이 뷔페식으로 깔려 있었고, 하객들은 해가 저물 때까지 먹고 마시며 파티를 즐겼다.

손님 중에는 결혼이나 유학이나 먼 곳으로의 이사 등으로 이별을 고하는 사람들이 항상 있고, 그러는 사이에 또 다른 누군가가 찾아와서 단골이 되었다. 개인적인 친분이 깊지 않은 경우에는 간단한 축하와 악수로 끝난다. 그중 가장 강한 인상을 남긴 사람은 가발맨이었다. 어느 날 가발맨은 낙원상가의 한 악기점 주인과 밤늦게 마시러 왔다. 그는 기관총이라도 들어갈 만한 커다란 기타 가방을 하나 가지고 있었다. 악기상과 손님이 2차로 내 가게를 들르면 뭔가 중요한 거래가 있었다는 뜻이다. 그런데도 그들은 단지 생맥주 두 잔을 주문했다.

분위기는 다소 차분했다. 그들은 기분이 좋지도 나쁘지도 않아 보였다. 나중에 가발맨이 내게 알린 사실은, 결혼을 앞두고 생활고로 음악을 그만두겠다며 악기를 팔았다는 것이었다.

"안 그래도 팔려고 했어요. 무거워서 어깨가 빠질 것 같거든요. 제 기타가 펜더 80년대 모델인데, 본래 그 시절 펜더는 별로 안 좋아요."

그 기타는 가발맨이 10년 넘게 사용하던 물건이었다. 그래도 다행히 악기상이 아는 사람에게 소개를 잘 해서 좋은 값에 팔기로 했다는 것이다. 술을 마시게 되면 중간에서 이익을 보는 악기상이 술값을 내는 것이 보통인데, 이날은 거의 마진이 없어서 간단히 싼 술을 마시게 된 것이다.

밴드 생활을 하며 악기상가에서 일하는 사람, 수완이 좋지 않아 악기 장사를 그만두고 퀵 서비스나 대리운전을 하는 사람, 라이브 클럽을 하다가 장사가 안 되어 다시 낙원상가로 일자리를 찾아 들어오는 사람, 그때나 지금이나 어느 경우에도 강한 페이소스를 남긴다. 록 바 주인들도 그들과 다르지 않다. 그중 최고의 '사나이'는 청량리에서 '데스 하우스death house'라는 헤비메탈 라이브 클럽을 운영했던 사람이다. 왜 하필 청량리냐고 묻자, 그는 애초에 돈 욕심은 없었고 단지 자기 집과 가까운 곳에 가게를 연 것뿐이라고 했다(아무리 그래도 청량리에서 헤비메탈 클럽이라니!). 그의 말에 의하면, 가게를 오픈하고 한 달 동안 본인과 친분이 있어서 온 손님이 아닌 '진짜 손님'은 딱 두 테이블뿐이었다고, 그리고 공연을 하지 않을 때는 퀸이나 이글스의 베스트 음반을 반복해서 틀어놓고 술을 마셨다고 했다. 그는 2년 정도가 지나서 그 일을 그만두고 낙원상가로 돌아왔다가 다른 일을 찾아 떠났다.

많은 록 바들이 생겨나고 또 사라져갔지만 결코 잊을 수 없는 가게 이름들이 있다. 그중 하나가 신촌의 '주혹새'. 세한으로부터 처음 그 이름을 들었을 때 무슨 뜻인지 물었더니, 주다스Judas 혹은 새버스Sabbath란다(메탈 그룹 주다스 프리스트와 블랙 새버스를 가리킨다). 당연히 헤비메탈을 트는 술집이다. 또 하나의 걸작은 '딥 퍼플 포에버Deep Purple Forever'. 홍대 앞 한 건물에서 그 간판을 보고 문득 떠오르는 장면은 혈기 왕성한 남자들이 생맥주 잔을 탁자에 쿵쿵 내리치며 노래를 합창하던 오래된 신촌 록 바의 풍경이었다. 언젠가 한 번 가봐야지 하다가 2, 3년이 지났다. 그런데 우연히 그곳을 다시 가보았을 때는 이미 간판이 사라지고 없었다.

뭐 어쨌든, 늘 그렇듯이 그들은 이미 다른 곳에서 술을 많이 마시고 2차로 온 것이다. 가발맨은 한 잔 마신 뒤에 다시 내게로 왔다. 그리고 내게 이 자리를 지금껏 지켜줘서 고맙다는 말을 건넸다. 나는 아직 다른 일을 할 팔자가 아닌 모양이라고 대답하고 그의 안부를 물었다.

"하시던 일 그만두신다고 들었어요."

"돈 벌어야죠."

"결혼 축하합니다. 잘되실 거예요."

"많이 취했습니다. 이거 꼭 틀어주세요."

그가 적어온 신청곡 메모에는 한글로 네 글자가 쓰여 있었다.

"레릭그루."

이게 뭘까? 아무리 생각해봐도 알 수 없었다. 10여 분을 고민한 끝에 가발맨에게 가서 슬그머니 물어보고 나서야 답을 알아냈다.

"에릭 크랩튼이요. 레릭그루Let It Grow."

옆에 있는 사람들은 그를 위로하며 어깨를 두들겨주곤 했으나, 음악을 그만둔 사람은 더 이상 슬픈 기색이 아니었다. 나도 신청곡에 대한 궁금증을 해결하는 과정에서 슬픈 느낌이 사라졌다.

가발맨은 그 후로 발걸음이 뜸했다. 그가 마지막으로 왔을 때 동대문에서 액세서리 가게를 차릴 것이라는 말을 들었는데, 언젠가 탑골공원 돌담길에서 우연히 그를 본 적이 있다. 가발은 없었지만 중절모를 썼고, 낙원상가로 향하는 계단을 오르고 있었다. 너무 오랜만이어서일까. 이유를 알 수 없는 서먹한 기운에 나는 그냥 못 본 척하고 지나쳤다.

장사는 전반적으로 순조로웠다. 개업 8년이 지난 그해 가을, 나는 드디어 반지하 단칸방에서 벗어났다. 내가 새로 이사한 집은 세검정의 북악산 언덕배기에 있는 전망 좋은 주택이다. 백 평 남짓한 마당에는 잔디가 예쁘게 깔려 있다. 공인중개사의 말에 따르면 과거에 어느 국무총리가 살던 집이라고 했다. 물론 내가 그 큰 집을 산 것은 아니고, 저택의 마당 한구석에 있는 조그마한 별채를 전세로 얻었다. 아마도 수행원이나 운전기사가 묵는 집인 것 같았다. 빈 상태로 놔두기 싫어서 조용히 혼자 사는 사람을 찾아 세를 놓은 것이다.

부자가 된 것은 아니지만 상류사회의 언저리에 접근하자 세상이 달라보였다. 불광동 반지하에서 북악산 언덕이라 일종의 신분 상승이다. 지대가 높아서 해가 잘 들고 북악산과 인왕산 자락이 훤히 보였다. 현관 앞에 놓인 낮은 울타리가 집주인과 세입자의 영역을 구분했지만, 커피 한 잔 끓여가지고 잔디밭을 내다보고 있노라면 마치 내가 상류층 사람이라도 된 것 같은 정신적 풍요로움을 느낄 수 있었다. 정원 가장자리에 목련, 장미, 라일락과 단풍나무가 있어서 계절마다 아름다운 색채와 향기를 만들었다. 실제로는 내 정원이 아니었으므로 내가 정원 관리를 할 필요도 없다. 그저 구경만 하면 된다(물론 집주인도 정원 관리는 안 한다. 한 달에 한 번씩 정원사가 온다).

상황이 나아진 때문인지 내게도 애인이 생겼다. 세상은 요지경이다. 주말에도 일하고, 오직 새벽과 낮에만 시간이 있는 남자도 괜찮다니, 정말 희한한 여자도 다 있다. 친구놈들은 과장 직함을 단 이후로 누가 무슨 말만 하면 그게 아니라고 한다. 심지어 동의하는 경우에도 "그게 아니고"라는 말로 시작하기 때문에 요즘은 모이기만 하면 말다툼이다. 그런데 이 여자는 무조건 내 말이 옳다고 한다. 나는 그녀의 성격이 마음에 든다. 다만, 내 말이 끝나기도 전에 그냥 맞는다고 하기 때문에 반전이 있는 말을 하지 않도록 주의해야 한다. 일요일에는 미선에게 가게를 맡기고 남한강 쪽으로 드라이브를 가거나, 때로는 다른 록 바에 손님으로 가서 디제이의 선곡 수준이 떨어진다며 헐뜯는 것을 즐기기도 했다. 사실은, 어딜 가나 음악은 비슷비슷하지만 내 술보다는 남의 술이 맛있다.

15

장사하는 사람에게는 아무 일 없이 사회가 조용한 편이 좋다. 대통령 선거나 촛불 집회나 연등회나 하이서울 페스티벌이나, 뭐든 큰 행사만 열렸다 하면 손님이 없다. 사람들이 모두 그쪽으로 관심을 돌려서 술 마시러 오지 않는 것 같다.

광화문에서 촛불 집회가 있던 그날은 저녁 내내 빈집이었다. 토요일이어서 섀도우맨도 없었다. 어떤 날은 그렇게 가게가 터져 나가는 듯 시끌벅적하더니 그날은 개미 새끼 한 마리 얼씬 안 한다. 사람들은 왜 똑같은 날 술을 마시는 걸까?

마침 누가 들어오는 것이 보였다. 나는 기억을 가다듬었다. 4년 전에 비해 그는 다소 초라해진 느낌이었다. 뽀얀 얼굴은 그대로였으나 헝클어진 머리와 여기저기 검정이 묻은 와이셔츠 아래의 남루한 바지는 아무리 좋게 보아도 잘나가는 학원 강사로 인정해줄 수 없었다. 특히 그 낡은 바지, 한때 빳빳하게 줄이 잡혀 있던 회색 정장 바지는 이제 무릎이 나오고 양옆으로 헐렁하게 늘어진 추리닝처럼 보였다. 그 위에 흙 묻은 흰색 와이셔츠라니, 몰락도 보통 몰락이 아니었다.

"이 근처 학원 강사인데, 술 마시고 길에서 자다가 일행과 헤어지고…… 제가 혼자 살아서 집에 사람이 없거든요. 택시비 삼만 원만 빌려주실 수 있겠습니까? 내일 반드시 송금해 드리겠습니다."

슬프게도 그가 사용하는 수법은 처음 만난 그때와 완전히 똑같은 것이었다. 불쌍했지만 일부러 속아주기는 싫었다. 그는 너무나 세월에 뒤쳐져 있었다.

"저는 기억이 나는데요. 아저씨는 여기 기억 안 나세요?"

그는 살짝 웃음을 보이는가 싶더니 금세 씁쓸한 표정이 되어선 "아, 그런가요."라고 말하고 돌아서서 느릿느릿 복도를 빠져나갔다. 이처럼 세월의 허무함을 느끼게 하는 사기꾼이 또 있을까. 그는 이제 아무도 속이지 못할 만큼 아주 무능한 사기꾼으로 전락해 있었다. 어떻게 자기가 사기 친 가게를 기억하지 못할 수 있는가. 몇 년 동안 똑같은 일을 해온 모양이었다. 그는 지금껏 너무 많은 곳을 돌아다녔다. 이 남자의 수법은 밤늦게 '아리랑 치기'에 털렸다고 말하면서 불의의 사고를 당한 인텔리 계층처럼 보이는 것이었는데, 몇 년 전엔 자신의 역할을 그럴듯하게 해냈다. 그러나 이제는 시절이 달라지고 사람도 달라져서 예전처럼 보이지 않았다.

악취를 풍기지 않는 부랑자도 다시 빈 지갑을 들고 맥주를 마시러 왔었지만 그는 그때나 지금이나 비슷했다. 노숙자 냄새는 나지 않고, 지저분한 머리에 행색이 남루했다. 물론 그에게도 기억이 난다고 말해주었다. 새로운 수법이 필요한 시기가 지나도 한참 지났는데, 애초에 이들이 가진 재주는 한 가지밖에 없었던 모양이다.

그간 사기꾼이 더 있었다. 추석 명절 앞에 소방관 복장으로 찾아와서 떡값을 달라고 하는 사람이 있었는가 하면, 동네 재활용품을 수거하는 사람이라며 막걸리 값을 받으러 오는 경우도 있었다. 소방관 옷을 입고 온 사람은 성의가 대단했다. 불도 안 났는데 화창한 날씨에 방화복과 헬멧까지 쓰고 돈벌이를 다니자면 이만저만 고생이 아니었을 것이다. 재활용품 수거는 한두 사람이 하는 게 아니라서 진위를 파악하기가 매우 어렵다. 빈 병만 담아가는 커다란 트럭도 있고, 혼자 리어카를 끌고 다니며 폐휴지나 고철을 줍는 사람도 있다. 그중에 재활용품 수거와 노숙을 동시에 하고 있는 사람이 명절 앞에 오면, 막걸리 값으로 얼마라도 주어야 하는지 정말 고민스럽다.

9시가 넘어서야 첫 손님이 왔다. DK 아저씨는 항상 바 한 구석에 앉아 냅킨에 뭔가를 끼적이며 술을 마신다. 환갑이 넘은 그에게 친구로 삼을 만한 다른 단골은 없었다. 인사를 나누기는 했지만 아무래도 세대가 다르니 모두들 그와는 간단한 인사뿐이었다.

어쨌든 오랜 단골을 혼자 두는 것이 예의는 아니어서 나는 항상 그에게 미안했다. 바에 나와 단둘이 있는 경우에만 대화를 했는데 지난 몇 년 간 오늘 같은 날은 며칠 되지 않았다. 그가 먼저 내게 말을 건넸다.

"오늘은 여기도 손님이 별로 없네?"

도심 집회가 있는 날은 제과점도 장사가 잘 안 되는 모양이다. 그는 조금 일찍 마감하고 나와서 한잔 마셨다고 했다.

"이게 뭔지 알아요?"

DK 아저씨가 내게 내민 것은 휴지에 한문으로 쓴 네 줄짜리 메모였다. 대략 몇 글자는 알아볼 수는 있었지만 전체적으로 무슨 뜻인지 이해할 수 없었다.

"거리에 촛불이 어지러우니 내 마음은 근심으로 어지럽다, 그런 내용이지."

메모를 내가 가져도 되냐고 물었더니 그는 고개를 가로

저으며 휴지를 구겨서 주머니에 넣더니 멋쩍게 웃었다.

"내가 글을 쓸 줄 알면 좋을 텐데. 그저 꼰대들은 이딴 생각밖엔 못 해. 그래도 한시漢詩는 쓸 줄 알아. 아마도 한자로 시를 쓸 수 있는 건 내가 마지막 세대일 거예요."

"동창생들하고 한잔 하면서 이런저런 이야기도 하고 그러지. 근데 집에 들어가려면 어딘가 허전한 기분이 들어. 그래서 여기 오는 거야. 누구나 내 나이 정도 되면 외로워. 내가 왜 태어났는가. 그건 영원히 풀리지 않는 고민이야."

몇 달 전에 대학 선배가 "마흔이 넘으면 내 자신이 보여"라고 말했던 게 기억났다. 일단 그 질문이 시작되면 환갑이 되어도 계속되는 모양이다. DK 아저씨는 금세 다른 쪽으로 화제를 바꿨다. 흔히 술 취한 사람이 그렇듯, 그는 뭔가를 말하다가 느닷없이 다른 내용을 이야기하곤 했다.

"화양연화化樣年華라는 말이 있어요."

"영화 제목 말씀인가요?"

"그런 영화도 있었지."

"무슨 뜻이에요?"

"말로 표현하긴 어려운데, 좋은 시절이란 이야기예요. 난 퇴폐를 좋아하거든."

퇴폐라는 말을 할 때는 눈을 휘둥그레 뜨면서 뭔가 좋은 것을 숨겨둔 아이처럼 히죽 웃었다. 그러나 정작 그가 내놓는 것은 비슷하면서도 또 다른 이야기다.

“80년대엔 나라에서 우리한테 기회를 많이 줬어. 난 외국에 출장을 많이 갔는데, 멀리 갈 땐 주로 앵커리지에서 비행기를 갈아탔지. 일본 출장은 거의 오사카로 갔어요. 거긴 조그만 골목이 꼬불꼬불 이어진 데가 많아. 난 하도 많이 가서 그 골목들을 잘 알아요. 단골 술집이 있었는데, 그 술집 마담이 나만 가면 너무 좋아했어. 주로 일본 지사에 있는 일본인하고 갔는데…….”

그가 어느 대기업의 이사로 정년퇴직했다는 것은 알고 있었다. 그러나 오사카의 술집에서 무슨 일이 있었는지를 물어보면, 으레 그는 다른 쪽으로 화제를 돌렸다. 어쩌면 일부러 그러는 것인지도 몰랐다.

“60년대 말에는 이 가게 자리에 악기 가게가 있었어. 그때 쇼윈도에서 펜더 전기 기타를 처음 봤지. 난 그때 종로 2가에 있는 음악다방에서 디제이를 했고. 군대 가기 전에 아르바이트로 잠깐 한 거지만.”

“다방 이름이 뭐였어요?”

그는 잠시 생각하다가 이름을 잊어버렸다고 했다. 꾸며댄 이야기거나 그렇지 않으면 꽤나 유명한 장소일 것이라고 생각했다. 어느 대학을 나왔느냐는 질문에 대답을 하지 않는다면, 아무도 이름을 모르는 삼류 대학이나 서울대 출신이라는 말이 있다.

"위층은 클래식을 틀었고 아래층은 팝송을 틀었는데, 어떤 날 진짜 예쁜 여자가 앉아서 날 계속 쳐다보는 거야. 존 바에즈를 신청하기에, 얼른 틀었지. 나중에 뒤를 쫓아가서 차 한잔 더 하자고 했는데 나보고 존 바에즈를 좋아하냐고 묻더라고. 난 원래 엄청 시끄러운 노래만 좋아하는 사람이야. 그런 조용한 포크송엔 관심이 없었지만……."

"그래서요?"

"물론 좋아한다고 했지."

"잘됐겠군요."

"그 여자가 우리 집사람이야. 그런데 사장님은 롤링 스톤스를 좋아하지요? 이 가게 음악은 사실 내 적성하고 안 맞아. 근데 시간이 지나고 듣다보니까 여기 음악이 최고더라고. 나도 롤링 스톤스를 좋아하거든."

그는 지금도 내가 트는 음악이 최고라고 말해주며, 스스로를 '꼰대'라고 부른다. 나는 그분에게 사과를 하고 싶었다. 최소한 그 순간만은 진심 어린 사과였다.

"사실 저는 사장님이 오는 게 좋아요. 그런데 사장님과 이야기를 하다보면 다른 단골들에게 신경을 쓰지 못해서 평소에 그냥 인사만 하는 거예요. 죄송해요."

"나도 알아요. 그래서 그 '천대'를 받으면서도 여길 계속

오는 게 아닌가."

이번엔 선문답이 아니었다. 처음으로 그의 진심을 들은 것 같아서 속으로 뜨끔했다. 그는 내 표정을 보고 잠시 멈칫하더니 눈을 휘둥그레 뜨며 다시 엉뚱한 쪽으로 말을 돌렸다.

"솔직히 여긴 내 취향은 아니야. 그런데 음악은 이 집이 최고야. 듣다보니까 진짜 좋더라고."

그는 그다지 중요한 일이 아니면 무조건 내 말이 옳다고 하는 습관이 있었다. 그리고 내가 노래를 틀 때마다 매번 최고의 음악이라고 엄지손가락을 추켜세웠다.

술 때문에 두서가 없었지만 그는 오랜 기억들을 떠올리고 있었다. 내게 요구하는 것이 전혀 없었고, 단지 어떤 이야기를 전달하는 것이 목적인 것 같았다.

"장사하면서 사람 진짜 많이 만났어요. 나이 먹은 사람도 많이 봤고. 그런데 DK 사장님은 정말 다르신 것 같아요."

나는 마음속에 담아두었던 뭔가 듣기 좋은 말을 해드리고 싶었다. 그런데 그는 갑자기 내 말을 자르더니 손사래를 치면서 일어났다.

"어이, 여기 얼마요?"

그리고 만 원짜리 두 장을 툭 던지듯 바에 내려놓으며, 나지막하면서도 점잖은 말투로 한마디 덧붙이고 돌아섰다.

"술집은 객쩍은 소리를 할 수 있는 곳이라고 생각해요."

나는 당황스럽고 뭐가 잘못되었는지 잘 몰랐지만, 일단 계산은 정확하게 해야 한다고 생각했다. 오천 원짜리 맥주 두 병을 마셨으니 만 원을 돌려드려야 한다. 돈을 너무 많이 내셨다고 알렸으나 그는 어깨 위로 손을 흔들어 됐다는 표시를 하고 성큼성큼 걸어 밖으로 나갔다. 나는 어리둥절한 상태로 입구를 바라보고 있었다. 이 가게에 단골이 된 지 몇 년 만에 처음으로 듣기 좋은 소리를 해드리려는데, 그는 나의 아첨을 들으려 하지 않았다.

테이블 위에 놓인 만 원짜리 두 장을 물끄러미 내려다보며 개업 첫날밤을 떠올렸다. 음악 트느라 고생한다며 팁으로 만 원을 건네던 손님, 장사가 안 된다고 나를 동정하며 마시지도 않을 술을 주문하던 대학 동창들이 기억났다. 그 돈은 장사로 번 것이 아니고 일종의 자선이었다. 그때는 하나도 고마운 생각이 들지 않았고 오히려 미운 감정뿐이었다. 오늘 DK 아저씨는 내 말이 듣기 싫다며 잔돈을 마다하고 일어섰다. 그 결과로 이번에는 미안하고 고마운 기분이 들었고, 남은 돈은 내가 가져야겠다고 생각했다.

16

리먼 브라더스라는 미국 투자회사의 파산을 시작으로 유례없는 불황이 올 것이라는 뉴스가 있었다. 하지만 그 해 겨울까지도 나는 별다른 영향을 느끼지 못했다. 반복되는 일과에서 오는 따분함이나 피로, 파티와 공연, 자욱한 담배 연기, 고질적인 화장실 냄새와 가끔씩 쫓아내야 했던 '진상'들이 주된 관심사였다.

크리스마스이브에는 정말 손님이 많았다. 그 당시에 대한 기억은 신기할 정도로, 그리고 곤혹스러웠던 만큼 지금도 생생하게 남아 있다. 지독한 개성이나 단순한 욕심에서 비롯된 소음과 말씽들, 회상하기에는 너무나 사소한 사건들마저도 되새기게 된다.

가게 문을 열자마자 손님이 들어왔다. 여자 둘이었는데, 한 사람은 자리에 앉자마자 엎드려 울고 있었다. 그저 낮술이라도 마셨겠거니 했을 뿐, 별 문제될 일은 없어 보였다. 그런데 두 번째 손님이 여자 셋, 이어서 여자 둘, 다시 여자 셋이 들어오자 가게에 남자라고는 나 혼자뿐이었다. 여긴 평소에 남자 손님이 두 배는 많은 술집 아닌가. 약간 이상한 일이었다. 더구나 크리스마스이브고.

얼마 안 있어 첫 번째로 들어온 손님이 계속 흐느끼다가 화장실로 가더니 한참 동안 나오지 않았다. 십중팔구 남자 친구와 헤어진 것 같아 불쌍한 생각이 들었는데, 내가 화장실 앞을 지나칠 즈음에 그녀가 나오면서 나와 눈길이 마주쳤다. 그녀는 무심결에 그랬는지, 평소 습관인지, 귀엽게 생긋 웃으며 지나쳤다. 그런데 화장실에 들어가보니 세면대가 토사물로 막혀 있었다. 동정심이 분노와 배신감으로 바뀌는 순간, 궁금증이 뒤따랐다. 세면대에 토하고 나오는 사람이 왜 나를 보고 웃었을까? 이번에는 분노가 사라지고 약간 오싹한 기분이 들었다.

그로부터 30분 정도가 더 지나서야 크리스마스 데이트를 하는 남녀 커플이 들어왔다. 입구에서 머뭇거리는 것으로 보아 자주 오던 손님은 아닌 듯했다. 그런데 남자가 가게를 쓱 둘러보더니 여자에게 말했다. "딴 데 가자. 여기 그런 덴가봐." 손님은 많았지만 시끄럽지는 않아서 그들이 하는 말이 또렷이 들렸다. 크리스마스이브에 가게는 꽉 찼는데 모두 여자뿐이니 동성애자 클럽으로 보이는 것도 무리는 아니었다.

그들이 나가고 얼마 지나지 않아 맨 마지막으로 들어온 손님이 테이블에 엎드려 울고 있었다. 나는 이번에도 화장실에 가서 토하는 일이 생길까봐 무척 겁을 먹었는데, 다행히 그러지는 않았다. 상상할 수 있는 이유는 하나뿐이었다. 젊은 여자가 크리스마스이브에 이런 술집에 와서 펑펑 울 만한 이유가 뭐겠는가.

분수령은 9시 반이었다. 손님이 하나둘씩 나가더니 그 후로는 남자 손님만 왔다. 순식간에 여자 손님들이 모두 나가면서 김밥천국을 능가하는 테이블 회전율을 보인 후에는 카페 전체에 양기가 넘쳐흘렀다. 이제 실내는 시큼한 술 냄새를 풍기는 남자들의 고함과 욕설과 담배 연기로 가득했다. 아무 데나 침을 뱉고, 불붙은 담배꽁초를 바닥에 버리고, 의자에 맥주를 쏟고, 듣지도 않을 신청곡을 무더기로 써냈다.

누군가 〈라스트 크리스마스〉라는 노래를 신청해서 단체로 따라 부르고 있었다. 남자 일곱 명이 케이크를 사들고 와서 크리스마스 노래를 부르는 것은 이때가 처음이자 마지막이었다. 그들이 부르는 노래는 마치 민방위 소집에 나온 아저씨들이 잠이 덜 깬 목소리로 애국가를 제창하는 것처럼 들렸다.

이런 것도 크리스마스 분위기라고 해야 할지는 모르겠

으나 내 가게도 나름대로 대목을 맞이하고 있었다. 가장 먼저 들어온 남자 셋이 세 번째 데킬라를 주문했다. 잔이 아니고 병이다. 셋이서 두 병이면 이미 한 사람당 열네 잔이다. 데킬라를 마시던 사람 중 하나는 전화를 귀에 대고 테이블에 엎드려 훌쩍이고 있었다. 그때 문득 세면대에 토했던 첫 손님이 생각났는데 이상하게도 그 일이 까마득하게 오래된 것처럼 느껴졌다. 세 번째 병을 마시자고 하는 사람이나 주문하는 사람도 제정신일 리가 없다. 그래도 술은 팔았다. 이날은 크리스마스 대목 아닌가.

그런데 뜻밖에도 그들은 술을 가져다준 지 얼마 지나지 않아서 일어섰다. 세 번째 병은 딱 한 잔씩만 따른 상태였다. 다른 두 사람은 먼저 가게를 나섰고 전화하며 울던 남자가 술병을 들고 카운터 앞으로 왔다. 그는 한참 동안 가방과 외투를 더듬어서 간신히 지갑을 찾아낸 뒤, 처음엔 주민등록증을 냈다가 그다음엔 대형 할인마트 적립카드를 꺼냈고, 똑같은 지갑을 세 번 더 뒤져서 한도가 모자라는 신용카드를 내밀었다. 카드와 현금을 있는 대로 다 털어도 삼만 원이 모자랐다. 그래도 고마운 손님이다. 양주 세 병에 삼만 원 외상이라면 마다할 이유가 없다. 게다가 그는 남은 술을 들고 나갔다. 이유는 알 수 없지만 비싼 값을 치른 술을 맡기지 않고 가져가겠다는 손님이 가끔씩 있다.

신청곡이 쇄도했다. 뭐가 그리 신이 나는지 크리스마스 노래를 제창한 단체손님들은 아는 노래든 모르는 노래든 아무것이나 닥치는 대로 신청곡을 써냈다. 단순히 술 때문이라고 할 수 없는 실수도 있었다. 영어 노래를 한글로 써냈기 때문에, 부에나 비스타 소셜리스트(Buena bista social club을 socialist로)의 곡이나 퀸의 〈보헤미안 랍스터〉(Bohemian rhapsody를 lobster로)를 신청하는 사람이 있는가 하면, 메모지에 〈노 베터 블루스〉(Mo' better blues를 No better blues로)라고 적어놓고는 잠시 후에 돌아와서 자기가 착각했다며 〈노 모어 블루스〉(No More blues라니!)라고 정정하는 사람도 있었다.

어떤 사람은 가수도 곡목도 기억나지 않는다며 혀 꼬부라진 소리로 직접 한 소절을 내게 불러주었는데, 연속해서 세 번을 들어보았지만 무슨 노래인지 전혀 알아들을 수 없었다. 엉터리 신청곡을 들고 와서 내게 말 붙이는 모든 사람의 공통적인 사연은 옛날에 자기 집에도 엘피 판이 있었고, 술에 취하면 노래 제목이 잘 기억나지 않는다는 것이다.

서너 시간의 소란이 순식간에 지나갔다. 한창 바쁠 때의 시간은 이상하다. 처리하는 일의 속도보다 몰려드는 일이 많으면 오로지 당장 해야 하는 눈앞의 일에만 집중해야 하고 그 순간순간이 멈춘 듯 느껴지는데, 한숨 돌리고 시계를 보면 내 예상보다 시간이 두 배는 빨리 지나가 있다. 나는 "이것 봐, 한 시간만 있으면 퇴근이야"라고 미선에게 말하면서 종업원의 자세로 기뻐한다. 시계를 보고 깜짝 놀라자마자 다시 일거리가 몰려든다.

새벽 1시가 넘어서 덜 취한 상태로 오는 손님들도 있다. 아예 밤을 샐 작정을 하고 술집을 찾는 사람들이다. 마감 시간이 얼마 남지 않았다. 돈도 좋지만 내 체력과 인내력은 새벽 2시에 바닥이 나도록 습관이 들어 있었다. 새로 들어온 손님들을 마다하고 남아 있는 손님들에게 영업이 끝났다고 통보한다. 술 먹다 쫓겨났다는 기분이 들지 않게 하려면 조심스럽고 공손하게 이야기해야 한다.

두 테이블이 남아 있는 경우가 가장 몰아내기 어렵다(오히려 손님이 많을 때는 다 같이 일어서는 경향이 있다). 서로 저쪽이 일어서면 나도 나가겠다고 상대방 테이블의 눈치를 보며 더욱 대화에 열을 올린다. 남아 있는 시간이 얼마 없을 때는 화제가 끊이지 않고 각자 할 말도 더 많은 모양이다. 어쩔 수 없이 오늘의 마감 노래를 튼다. 나는 지난 몇 년 동안 마감 시간이 되면 조명을 환하게 올리고 잭슨 브라운의 〈로드 아웃 스테이The Load out/Stay〉라는 차분하고 긴 노래를 틀었다. 이 노래만 틀면 손님들이 일어서야 하는 시간이라는 것을 알게 하자는 것이었다. 과연 노래를 틀자

한 테이블이 일어섰다. 그러나 그들은 왜 이제야 트느냐며, 평소에도 영업이 끝날 때 이 노래를 듣는 걸 좋아해서 여태껏 나가지 않고 기다리고 있었다고 말했다.

청소를 하다보면 예상치 못한 쓰레기가 발견될 때가 있다. 오늘은 단체 손님 테이블 밑에서 빈 소주병 몇 개를 주웠다. 가끔씩 몰래 술을 가져와서 마시는 사람들이 있다(그런데 소맥에 케이크라니!). 그래서 노래를 합창하고 그 난리를 쳤던 모양이다. 괘씸한 생각은 들지만, 그래도 술이 술을 먹는다고, 그들은 다른 테이블보다 매상이 높았다. 나도 학창 시절에 친구들과 몰려다니며 그런 짓을 한 적이 있고, 또 매일 있는 일은 아니어서 그런가 보다 하고 넘긴다. 그러나 마지막 청소를 하러 들어간 화장실 한구석에서 오늘 첫 손님이 만들어놓은 것과 똑같은 더러움을 발견하면 입에서 욕이 저절로 나온다. 수십 번도 더 겪은 단순한 상황이지만 결코 익숙해질 수는 없는 성질의 일이었다.

그래도 뒷정리를 마치고, 오늘의 매상을 계산하고 나면 내 스스로가 놀랄 만큼 긍정적인 사람으로 변한다. 숫자를 보면서 너그러워지고 대범해진다. 콧노래와 함께 입가에 미소가 번지고, 오늘 찾아온 수십 명을 거둬 먹인 잔칫집 대감마님이라도 된 기분으로, 잠시 동안이지만 이 일을 평생토록 해도 좋겠다고 여긴다. 그런 다음 내일 필요한 물건을 파악해서 주류 유통사에 주문을 넣는다. 돈 주고 사는 것인데도 주문하는 물량이 많으면 기분이 좋다.

가게 현관 셔터를 내리다 보니 데킬라를 들고 나갔던 손님이 인도 위 가로수에 기대어 누워 있다. 가로수 밑은 동네 가게들이 재활용품을 버리는 곳이어서, 그는 빈 병을 담은 커다란 비닐이나 종이 박스들과 함께 가지런하게 놓여 있었다. 가지고 나간 술병을 양손으로 가슴에 끌어안은 채, 입을 헤 벌리고 웃고 있었다. 무슨 꿈을 꾸는지는 모르겠으나 좋은 시간을 보내고 있는 듯 보였다. 마침 겨울치고는 무척 따스한 날이어서 얼어 죽지는 않을 것 같아 그대로 두고 집으로 갔다. 어차피 그는 신용카드 한도가 끝난 데다 지갑에 돈도 없어서 털려봐야 손해 볼 것이 없었다.

태영과 연정은 여의도의 어느 호텔에 전망이 좋은 방을 잡아 크리스마스를 보낸다고 했고, 세한과 소연은 신혼 재미에 푹 빠졌는지 결혼 이후로 발길이 뜸했다. 춤 선생은 강의하는 곳을 옮겨서, 얼마 전부터는 홍대 앞 놀이터 부근의 어느 술집에 자주 나타난다는 소문이 들렸다.

단골도 파티도 없었던 그해 크리스마스, 가게는 여전히 잘 돌아가고 있어서 개업 이후의 하루 최대 매상을 기록했다. 그리고 그 이후로 모든 것이 달라지기 시작했다.

17

장사가 잘될 때 그랬던 것처럼, 안 될 때도 어느 날 갑자기 매출이 떨어진다. 곧 나아지겠지, 그 많던 손님이 전부 어디로 가겠느냐고 여유를 가져보지만 시간이 지나도 상황은 바뀌지 않는다.

봄이 되자 금융 위기의 여파가 본격적으로 시작되는 것 같았다. 작년 여름에 1500을 오르내리던 증시가 겨울이 지나며 900 이하로 떨어졌다. 동시에 부동산 시장이 얼어붙었다는 뉴스가 매일 들려왔다. 이런 경제 뉴스가 자영업자와 무슨 상관이 있을까 싶지만, 주변 가게들이 모두 장사가 안 된다, 안 된다, 하며 죽는 소리를 하고 있다.

"역시 사장님은 가만히 앉아서 경제 분석을 다 하고 계시는군요. 대단하십니다. 우리 회사 경제연구소에서도 올해 경기를 당초 예상보다 5퍼센트나 낮추는 쪽으로 수정했어요. 그러면 기업들은 바로 홍보비하고 판공비 줄이고 근태 관리 시작해요. 그러니 직장인들도 더 안 올 수밖에요. 당연한 거죠."

태영은 경제연구소의 통계를 예로 들면서 나를 위로했다. 우리는 장사가 안 되는 이유를 증명하는 일이 마치 자랑스럽기라도 하다는 듯 고개를 끄덕였다. 물론 이런 대화는 이미 오래전에 했던 것이다. 나는 개업 초기에 세한과 나누었던 대화를 되풀이하고 있었다. 전체적인 줄거리와 결론은 같고, 대화 상대만 달랐다.

작년 가을에는 옆 건물에 일본식 우동집이 들어왔다. 우동집 주인은 무슨 금융회사를 다니다가 정년퇴직한 사람이었는데, 장사 경험이 없었던 그들 부부는 엉뚱한 방향에서 문제를 찾았다. 나는 불황을 탓했지만, 옆집은 귀신 탓을 했던 모양이다. 경기가 나쁠 대로 나빠진 그해 봄, 그들은 매일 밤 고사를 지냈다. 영업 마감 후에 현관 유리문 바로 뒤에서, 그것도 식당 전체의 불을 다 꺼놓고 초를 밝힌 채, 부부가 나란히 앉아서 손을 비비며 기도하고 있었다. 나는 우동집 주인과 그런대로 사이가 좋은 편이었지만 왜 하필 가게 현관에서 그러고 있느냐고 물어볼 용기나 뻔뻔함은 없었다.

식당의 전면이 유리로 되어 있어서 행인들이 그 광경을

모두 볼 수 있었다. 이튿날에는 본인도 민망한 마음이 들었는지 커다란 종이 박스를 세워 현관문을 가슴께 높이로 가려놓았고, 셋째 날에는 승용차로 문을 가렸다. 그러나 컴컴한 가게에 초를 켜놓았기 때문에 여전히 모든 행인들이 그 모습을 볼 수 있었다. 오히려 가게 문을 가려놓은 것이 더욱 호기심을 자극했다. 단골들은 모두 옆집에서 무슨 특별한 종교를 믿느냐고 내게 묻곤 했다. 더구나 고사를 지내고 나면 날고기, 대파, 쌀, 막걸리 등을 접시에 담아 현관 문 밖 양쪽에 두고 퇴근했는데, 내가 새벽에 영업을 마치고 나올 때도 그대로 있었다. 식사보다 술을 더 중요시하는 노숙자들도 그 막걸리에는 손을 대지 않았다.

우동집은 고사를 지낸 덕분인지, 손님이 점점 더 줄었다. 밖에 내놓은 음식과 그릇들을 자세히 관찰한 이후로는 나도 그 집에서 밥을 먹지 않았다. 내가 가끔씩 사먹곤 했던 비빔밥의 고추장 그릇이 현관 앞에 막걸리를 담아내는 용도로 쓰였기 때문이다.

나는 미신이라 여겨서 애초에 고사를 지내지 않았는데, 한번은 손님 중에 타로점을 본다는 사람이 "이 집은 고사를 안 지냈나? 귀신이 있는데" 하고 중얼거리는 것을 들은 적이 있다. 사람마다 믿는 미신이 다르다. 어떤 이들은 귀신이 조용하고 음험한 곳을 좋아한다고 하고, 또 어떤 사람은 귀신이 음악을 좋아한다고 한다.

귀신이 비틀스나 데이비드 보위를 좋아하는지는 잘 모르겠지만, 내 가게에도 귀신이 있다고 하는 사람들을 가끔씩 만난다. 오래전에 신촌의 어느 술집에 가스 폭발로 불이 나서 사람이 죽는 큰 사고가 난 적이 있다. 그 이후로 몇몇 술집에서 손님이 하나도 없는 한밤중에 "여기요!" 하고 부르는 소리가 들렸다는 소문이 있다. 미선은 여기서도 가끔 그런 소리를 들었다고 한다. 세한의 말에 의하면 그 술집에서 화재로 죽은 사람들이 자기가 죽은 줄 모르고 술을 마시러 왔다는 것이다.

귀신이 있다는 또 다른 증거는 아무도 없는 방향에서 누군가 노래를 따라 부르는 소리가 들리거나, 화장실 안에 아무도 없는데 문이 잠겨 있는 경우다(이 경우에는 잠시 뒤에 다시 열어보면 잠겨 있지 않다). 나는 귀신을 본 적은 없지만, 귀신이 아닌 다음에야 어떻게 그런 짓을 할 수 있을까 하는 생각을 한 적은 있다. 바로 그런 경우가, 똑같은 자리에서 땅콩이 계속 발견되는 일이다.

퇴근할 때 카운터 앞에서 한 발짝 떨어진 바닥에 땅콩이 하나 떨어져 있는 것을 주웠는데, 다음 날 출근해서 땅콩을 하나 또 줍는 것이다. 우연히 그럴 수도 있겠지 하며 넘어가지만 이틀 연속으로 발견되고, 그것도 어제 퇴근할 때

발견한 바로 그 자리에서 오픈 시간에 땅콩을 다시 줍는다면 이상한 생각이 들 수밖에 없다. 몹시 흥분해서 주변 사람들에게 같이 확인해보자고 하면, 사흘째부터는 실망스럽게도 아무것도 줍지 못한다. 그런데도 그놈의 땅콩은 몇 년에 한 번쯤은 똑같은 곳에서 연속으로 발견되어 나를 곤혹스럽게 했다.

나는 내가 이해할 수 없는 뭔가가 있다고 생각하게 되었다. 여전히 미신과 장사는 상관이 없다고 여겼지만, 내가 고사를 지내야 할 대상은 귀신이 아니고 종업원이었다. 불황으로 손님이 줄던 이 시기에는 고용하는 직원마다 말썽을 부려서 골치가 아팠다.

미선이 일하는 주말에는 괜찮았지만 평일이 문제였다. 그들은 자신에게 별 해가 없을 것이라고 생각되는 범위 내에서 내 눈치를 보며 가능한 한 게으르게 일했다. 종이 케이크 박스를 통째로 일반 쓰레기봉투에 넣거나 설거지거리를 줄이려고 손님에게 맥주 컵을 가져다주지 않는 등 보이지 않는 부분에서 제대로 일을 하지 않거나 무성의하게 움직였다. 그 정도의 잘못으로는 해고당하지 않는다는 것을 알고 있는 듯했으며, 오직 나와 대화할 때만은 미소를 지으며 관계를 좋게 유지하려고 노력했다(이러한 문제는 이후에도 계속되므로 나중에 다시 돌아보도록 하자).

경기 침체의 영향은 공평했다. 옆 건물 우동집처럼, 내 카페도 불황의 영향에서 벗어날 수 없었다. 매스컴에서는 IMF 때보다도 체감 경기가 더 나쁘다고 일제히 떠들어댔다. 불황은 태풍이나 가뭄처럼 도저히 피할 수 없는 자연재해와도 같았다. 한가한 날은 점점 더 많아졌고, 그에 따라 사회에 대한 불만을 늘어놓는 일도 많아졌다. 요즘은 음악을 들으러 오는 사람이 없다는 둥, 저녁 내내 좋은 음악을 트느라 고생하는 데 아무도 고마워할 줄 모른다는 둥, 그래서 장사는 하나도 안 되고 모든 물가가 오르는데 팔아봐야 남는 것도 없는데다가 설사 내가 이까짓 작은 가게로 성공한다고 해도 얼마나 큰 부자가 되겠느냐는 둥, 또는 이 모든 것이 대중매체가 음악 문화를 기업화, 상업화, 획일화시켰기 때문이라고 거창하게 떠들어댔다. 그리고 언제부터인가 좋았던 지난 몇 년간의 일들을 되풀이해서 말하고 있었다. 누가 얼마나 술을 많이 마셨고, 누가 무슨 요일에 춤판을 벌였으며, 주말이면 얼마나 바빴는지를 이야기했다. 돌이켜보건대, 내게 있어 불황 그 자체보다 더 심각한 문제는 매너리즘에 빠진 상태에서 불황을 맞은 것이었다.

18

낡을 대로 낡은 가게는 점점 더 지저분하게 퇴색하고 있었다. 출근해서 셔터를 들어 올리고 컴컴한 복도를 쳐다볼 때마다 마치 망해가는 고물상으로 걸어 들어가는 듯한 느낌이 들었다. 거미줄과 먼지가 엉겨 붙은 얼룩들, 흰 벽의 검은 곰팡이와 검은 벽의 흰 곰팡이, 담배 연기에 찌들어 누렇게 변한 천장과 기둥, 비에 젖은 천장이 썩는 냄새, 매일 똑같이 이어지는 밤 생활이었다.

어떤 사람들은 이런 것을 추억이라고 부르기도 한다. 나도 한때는 낭만적으로 느꼈다. 그러나 지금은 정체되고 무의미한 쇠락의 느낌, 변화 없는 일상에서 비롯된 불만의 늪에 빠져들어 꼼짝달싹할 수 없는 무력감이 있었다. 계속 이런 상태로 영업을 지속하면 안 된다는 것을 알면서도 아무런 노력을 하지 않았다.

무엇보다 가장 참기 힘든 점은 '요즘은'이라는 말을 나도 모르게 계속 반복하고 있다는 것이었다. 마치 늙은이가 '요즘 젊은 애들은', '옛날에는'이란 말을 반복하듯이, 나는 계속 좋았던 과거의 일들을 되풀이해서 말하고 있었다. 오랜 단골들은 결혼하고 아이를 낳고 또 외국으로 떠나갔지만, 더 이상 새로운 단골들이 찾아와 자리를 잡지 않았다. '예전엔 이렇지 않았는데, 요즘은 다들 사는 게 점점 더 힘들어져서 그런 거지, 뭐.' 이런 자기 위안은 상황을 실제보다 더 안 좋게 느끼게 했다. 실제로 이 시기에 나의 가장 큰 즐거움은 술 마시러 온 손님들에게 현재의 어려움을 토로하고, 좋았던 지난 몇 년간의 일을 회상하는 것이었다.

"도대체 어떻게 되려고 이러는 거야? 이유를 모르겠어. 아무리 장사가 안 되어도 이 정도까지는 아니었는데. 요즘 사람들은 뭘 듣고 다니는 거야? 좋은 음악은 여기 다 있는데 말이야."

나도 완전히 바보는 아니었다. 과거에 세한이 일했던 F카페의 주인과 똑같은 말을 하고 있다는 느낌을 지울 수 없었다. 입구 맨 앞의 테이블은 일주일에 한 번도 손님이 앉지 않으므로 뽀얗게 먼지가 덮여 있기 일쑤였다. 그러면 세한은 어차피 아무도 앉지 않을 테이블이니 닦지 않아도 괜찮다고, 낄낄거리며 농담을 하기도 했다. 마치 오래도록 정비를 하지 않은 자동차처럼, 내 가게는 이곳저곳에 산재

한 문제들로 삐걱거렸다. 하지만 아무도 문제를 지적하지 않았다. 내가 고사를 지내는 옆 건물 우동집 주인에게 아무 말도 할 수 없었듯이, 내게 충고를 할 사람은 아무도 없었을 것이다.

길 건너에 내 가게와 비슷한 술집이 하나 있다. 록 바는 아니지만 신청곡을 받아 컴퓨터로 음악을 틀고 있다. 처음 가게를 연 주인은 용케 3년을 버텼지만 장사가 안 되어서 최후에는 가격 파괴를 하다가 소위 '아는 사람'에게 팔았다. 후임자는 점심 식사를 팔아 월세를 벌면서 1년을 버틴 후에 다시 '아는 사람'에게 가게를 팔았다. 그래도 업종이 바뀌지 않고 지난달에 세 번째 주인이 들어섰다. 이런 불황에 용케 후임자를 잘도 구한다. 매번 아는 사람에게 팔았다는 것이다. 내 가게를 사겠다는 아는 사람은 세한뿐인데, 정말 그가 이 장사를 할 것 같지는 않았다.

세한은 그만두겠다는 말을 밥먹듯 하면서도 회사를 계속 다녀야 했다. 아직도 연대보증으로 인한 빚이 조금 남아 있다고 했다. 그리고 나와 마찬가지로 세한이나 다른 손님들의 나이도 공평하게 많아졌다. 10년이 지났으니 단골손님들의 나이가 대략 열 살 정도는 많아진 것이다. 여자들은 결혼한 뒤 발길이 거의 끊겼고, 대부분의 남자들은 유부남이 되어 남자들끼리만 어울렸다. 세한이 손님들을 쳐다보며 내게 말한다.

"요즘 가게엔 온통 아저씨들뿐이네요."

이제는 그런 아저씨들이 단골의 대부분이었는데, 세한은 자기도 그들 중 하나라는 사실이 가장 마음에 들지 않는다고 했다.

"저쪽 직장인들은 H사에서 온 사람들이야. 그 회사에서 오는 술 취한 인간들 중에 개새끼 아닌 놈이 별로 없지. 근데 저기 맨 왼쪽에 안경 안 쓴 아저씨 하나 보이지? 그 사람은 괜찮아. 나한테 별로 요구하는 게 없어. 그냥 술만 마시고 간다고. 특별히 잘해주기를 바라지도 않아. 목소리도 크지 않고 욕도 안 해. 전에 지갑을 두고 간 적이 있었는데, 명함을 보니까 상무더라."

"그런 사람은 오래 못 가는데……."

"자주 와. 벌써 여섯 달은 됐는데?"

"아니요. 회사에서 오래 못 간다고요. 개새끼들이 오래 버티죠."

형편없는 대화였다. 이럴 때는 분위기를 바꿔줄 새로운 인물이 필요한데, 하필 오는 사람은 섀도우맨이다.

"벡스 다크 하나 주세요."

섀도우맨은 6개월 만에 왔다. 그는 독일산 흑맥주를 즐겨 마셨는데, 두 달 전에 그 맥주가 단종되었다는 사실을 모르고 있었다. 여기 오지 않는 동안 다른 맥주 바에 간 적이 없는 모양이었다. 그런 생각이 들자 조금 기분이 흡족해져서 쥐포를 좀 구워주기로 했다. 그는 다른 흑맥주를 한 병 마시고, 마음에 안 든다며 국산 맥주로 갈아탔다.

세한은 스마트폰으로 인터넷 쇼핑을 하고 있었다. 지난주에 할인마트에서 싸구려 팬티를 샀더니 복대를 찬 것 같아서 허리를 접어서 입어야 한다며 투덜거리고 있었다. 같은 박스 안에 있는 팬티인데도 어떤 건 한 번 접고 어떤 건 두 번 접는다고 불평하며 기능성 속옷을 파는 인터넷 사이트를 뒤졌다.

예전에 섀도우맨이 시나리오를 쓰고 있다고 했던 것이 기억났다. 글은 어떻게 되어가고 있느냐고 묻자, 그는 회사 일이 너무 바빠서 다른 데 투자할 시간이 없다고 했다. 세한 역시 회사를 옮기고 싶어도 다른 회사를 알아볼 시간이 없어서 계속 다닌다고 했다. 그러고 보니 요즘은 라이브 클럽을 열겠다는 말도 하지 않는다. 세한은 내 말을 못 들은 척하면서 인터넷 쇼핑몰에서 백오십 번째 팬티의 이미지를 찾아야 한다며 스마트폰 화면을 긁어내리고 있었다.

내가 쥐포를 굽는 동안, 섀도우맨은 스마트폰을 꺼내서 욕을 읽어주는 앱을 세한에게 보여주었다. '부장님 개새끼', '팀장님 씨발놈' 등의 욕을, 단아하고 교양 있게 들리는 여성의 음성으로 또박또박 읽어주는 앱이었다. 화가 날 때마다 그 여자의 목소리를 들으면 마음이 차분해지고 위안을 얻는다고 했다. 그 프로그램에 다른 기능은 없었다. 세한은 인터넷 쇼핑을 그만두고 섀도우맨의 앱을 구경하며 낄낄거리다가 자신도 다운 받았다. 그날 세한이 앱을 설치하고 업데이트한 뒤, 이런 것도 있다고 크게 기뻐하며 섀도우맨에게 보여준 욕은 '고객님 개새끼'였다.

세한은 안주머니를 뒤적뒤적 하더니 뭔가를 꺼냈다. 그것은 14K 금 네 돈짜리 열쇠 모양의 기념품이었다. 근속 기념으로 회사에서 받은 것이다. 그는 기념품을 앞뒤로 살펴보며 기가 막힌다는 표정으로 중얼거렸다.

"내가 이 회사를 10년이나 다녔대요."

세한은 라이브 클럽을 운영할 팔자가 못되었다. 안정된 수입이 보장된 직장인은 결혼하고 아이가 생기면 쉽게 직장을 그만둘 수 없다. 세한은 단골이 떨어져 나가는 것에 대해 어떻게 생각하느냐고 내게 물었다.

"요즘 동호회 친구들, 홍대 앞의 X바에 자주 간다나 봐요. '화전농법'이라고 하던데, 그 말 들어보셨어요?"

여자 좀 밝히고 논다는 놈들은 그걸 '화전농법'이라고 불렀다. 사귈 만한 여자들이 있는 카페에 가서 관계를 만들다가 차츰 손님이 줄고 더 이상 꼬드길 여자가 없으면 다른 카페로 옮긴다는 뜻이다. 비유가 재미있긴 했지만 우습지는 않았다. 나는 신경 쓰지 않는다고 대답했다. 확실히 그건 내가 상관할 일이 아니었다. 마음에 드는 사람이 없었으면 애초에 모이지도 않았을 테니까.

사람을 대할 때마다 점점 지치고 더 예민해졌다. 상스럽게 욕을 섞어 떠드는 손님들을 보면 기분이 상하고, 가게에서 정치 이야기를 하는 사람들을 봐도 짜증이 났다. 어제는 군사정권 시절에 향수를 가진 손님들이 새벽 2시까지 가게가 떠나가라 고함을 치며 말다툼을 하고 있었다. 한 시간째 추가 주문도 없다. 참다못해 가게 문 닫을 시각이라고 전했더니, 그들은 왜 우리한테만 나가라고 하느냐고 소리 질렀다. 지금 새벽 2시고 다른 손님은 없다고 하자, 주위를 둘러보더니 사과는커녕 화난 표정으로 일어나서 신용카드를 집어던지듯 계산하고 나갔다. 오늘은 진보신당과 민주노동당의 정책을 두고 서로 비판하는 좌파 성향의 사람들이 어제 그들과 똑같은 말투로 소리 지르며 싸우고 있었다. 오늘도 12시 이후에 다른 손님은 없었다. 너무나 듣기가 싫어서 이번에는 음반 한 장 걸어두고 아예 가게 밖에 나가 앉아 있었더니, 1시 반 정도에 그 사람들이 날 찾으러 나왔다. 그래도 어제보다는 30분 일찍 끝났다.

개업 초기에는 문만 열면 어떤 손님이든지 빨리 들어오

기를 바랐다. 그러나 지금은 텅 빈 가게가 부끄럽지 않을 정도로 뻔뻔해졌다. 한가한 시간에 누가 오는 게 싫다. 직장인들이 2차를 와서 바빠지는 두어 시간을 제외하면 손님들은 완전히 내 관심 밖으로 밀려났다. 이것은 마치 폐업 날짜를 기다리고 있는 가게 주인의 특징과도 같았다. 나는 돈을 벌고 싶어하면서도 가게에 오는 손님들을 마치 침입자인 것처럼 바라보았다. 그리고 밤늦은 시각에 손님이 들어오면 마음속 깊은 곳으로부터 일종의 불안한 경계심을 가지고 주문을 받으러 갔다. 손님에게 돈을 받아 장사를 하면서도 내가 피해를 보고 있다는 느낌을 가지고 있는 것이다.

그 원인을 정확하게 설명할 방법이 있었으면 좋겠다. 그것은 내가 이 일로 성공을 거둘 수 없다는 확신에서 비롯되어, 더 나아가서는 사회에 대한 복수심으로 이어진다. 이런 실망감은 장사를 처음 시작할 때도 느꼈던 것이지만, 이제는 할 수 있는 것을 다 해봤다는 생각 때문에 훨씬 더 절망적이고, 다음 날이 되어도 달라지는 것이 없다. 더 늦기 전에 가게를 정리할 때가 되었음을 깨닫는다. 그러나 경기가 지금 같으면 권리금을 많이 받을 수 없고, 그렇게 팔면 더 나쁜 자리로 가게를 옮겨서 똑같은 장사를 해야 한다는 고민이 뒤따른다.

어느 날 옆 건물 우동집 주인이 가게를 팔고 나갔다. 소문에 의하면 권리금에서 오천만 원 이상을 손해 보았다고 한다. 아마도 시설비와 영업상 적자를 합하면 그 몇 배는 손해를 보았을 것이다.

새로 들어오는 가게는 베트남 쌀국수 전문점이다. 맨 처음 사장이라고 인사 왔던 사람은 경험이 많아 보이는 중년의 남자였는데, 내 가게 입구와 셔터가 많이 낡았다며 자기 가게 공사할 때 같이 페인트를 칠해주겠다고 했다. 척 봐도 사기꾼이다. 내 가게 입구를 같은 색으로 칠해서 자기 가게 전면을 넓게 보이려는 수작이다. 당연히 거절이고 이 작자와 원수를 질 각오를 했더니만, 나중에 알고 보니 서른 정도로 보이는 남자 둘이 사장으로 동업을 한다. 중년의 남자는 체인점 본사에서 나온 이사라고 했다.

이 불쌍한 친구들, 돈 벌기는 힘들게 생겼다. 두 사장이 같이 일하는 가게는 십중팔구 잘 안 된다는 게 정설이다.

19

몇 년째 만날 일이 없던 건물주가 어느 날 예고 없이 찾아왔다. 그는 건물에 무슨 일이 있으면 항상 오전에 나와서 옆집 편의점 주인에게 이야기했다. 일부러 저녁 시간에 나를 찾아왔을 때는 특별한 일이 있다는 것을 의미했다.

"이 옆에 S그룹 있잖아. 20층짜리 빌딩을 올릴 거라는데, 그 이야기 들었어?"

"못 들었는데요?"

"허가가 안 날 텐데? 나도 다시 지으려고 해도 허가 안 내줘. 그런데 그 사람들은 아주 자신하더라고. 회사가 커서 그런지."

그가 전하는 말의 핵심은 이 건물이 너무 낡아서, 바로 옆 골목에서 대형 빌딩 건축 공사를 하면 그 진동 때문에 무너질 염려가 있다는 것이었다. 그런데도 건물주는 마치 남의 일을 대하는 듯했다. 탑골공원 근처의 기와집은 재건축을 해도 다시 기와집을 지어야 한다는 건축법 때문에 그는 이 낡은 건물을 헐지 않았다(그 때문에 내가 지금껏 이 자리에서 장사를 할 수 있었던 것이다). 몇 년 전부터 도심 재개발로 피맛골이 철거되고 주상 복합건물들이 들어섰다. 하지만 작은 건물을 소유한 사람은 재건축 허가를 받을 수 없다. 건물주는 자기 나름대로 없는 자의 설움을 겪는 중이었다. 그는 차라리 옆 골목 S그룹의 공사로 이 건물이 무너지기를 바랄지도 모르는 일이었다. 어차피 다시 짓지 못할 바에야 꼬박꼬박 월세가 나오는 것 이외에는 기대할 것이 없는 상황이었다. 그러나 내 입장에서는 공사 허가가 나면 대기업 건물의 기초공사가 끝날 때까지 휴업을 해야 한다는 것이 문제였다.

"기초공사가 한 6개월은 걸린다던데, 그 사람들이 영업 손실을 보상해줄 생각이 있는 모양이더라고. 아마 연락이 올 거야."

나는 이 생활을 정리하고자 가게를 내놓은 상태였다. 공인중개사가 며칠 전부터 식당을 하겠다는 사람을 붙여놓고 가격 흥정에 들어가 있었는데, 이번에는 손해를 보더라도 가게를 팔 작정이었다. 그러나 건물 기초공사가 끝날 때까지 휴업을 해야 한다는 소식을 전하자, 가게를 인수하려던 사람은 6개월 동안이나 쉴 수는 없다고 했다. 게다가 아직 보상에 대한 구체적인 협상이 남아 있어서 모든 것이 불안한 상황이었기 때문에 거래는 이루어지지 않았다. 따라서 가게를 정리하고 떠나겠다는 내 계획도 좌절되었다.

영업 보상에 대해 이야기하기 위해 S그룹으로 찾아간 것은 그로부터 한 달 후의 일이었다. 사무실에서 만난 상무이사는 작은 일처리는 직접 하지 않는 높은 사람처럼 보였다. 처음의 대화는 사회 전반에 대한 정치적인 방향으로 흘렀다. 같이 자리한 건설회사 사람인 최 전무는 건설업계와 서울시의 정책에 대한 이야기를 했다. 나는 이 사람들이 왜 그런 대화를 하는지는 알 수 없었다. 다만 이들은 협상을 하는 것이 직업이므로 내가 말싸움으로 이들을 이기기는 힘들 것이라는 인상을 받았다.

얼마간 나와 상관없는 이야기가 있고 나서야 보상에 관한 구체적인 내용으로 들어갔는데, 최 전무는 일단 적극적으로 재건축에 협조하겠다는 것을 다짐했다. 다만 실내 인테리어에 대한 부분은 자신들이 할 수 없다고 잘라 말했다.

"사진하고 벽지 붙이고 예쁘게 꾸미는 건 저희가 못합니다. 그건 사장님이 직접 하셔야 합니다. 그 대신 벽하고 바닥은 전부 싹 다 깨끗하게 해드리겠습니다."

물론 내 장사에 대해 잘 알지 못할 터이니, 실내를 꾸미는 것은 그 사람들이 할 수 없다. 그러나 왜 가게 시설을 전부 다시 해야 하는지가 궁금했다.

"그 건물이 언제 지은 건지 정확히는 몰라도 거의 100년은 된 것 같아요. 요즘은 그렇게 지으면 준공이 절대 안 떨어져요. 기둥이 땅에 박힌 것도 아니고 그냥 돌 위에 기둥을 얹은 것 같더라고요. 나름대로 주춧돌 위에 올려놓은 거겠지만 그건 주춧돌이라고 볼 수도 없는 수준이고, 지붕도 다 썩어서 우리가 땅을 파고 공사를 하면 언제 무너질지 모르기 때문에, 그래서 바닥에 콘크리트를 치고 기둥을 모두 H빔으로 감싸는 공사를 할 거예요."

바닥에 콘크리트를 친다. 그럼 내 가게의 인테리어는 모두 사라질 수밖에 없다. 나는 지금의 상태로도 장사하는데 전혀 문제가 없으니, 실내장식에 대해서도 충분히 보상을 받아야 한다고 주장했다.

"어이구, 너무 오래됐어요."

"다시 하셔야 할 때가 된 것 같은데……."

그들은 이구동성으로 내뱉듯 말했다. 유리와 금속으로 된 번쩍거리는 건물을 만드는 사람들의 눈에는 내 가게가 낡아빠진 쓰레기로 보이겠지. 가치에 대한 논쟁은 필요 없었다. 어디까지 보상을 받을 것인지가 중요했다. 나는 건설회사가 내 가게 공사를 도와줄 것이므로 싸우는 것은 좋지 않다고 생각했다. 서로 감정이 상하면 협조가 될 것도 안 되는 것이 당연하다. 상무이사는 나중에 두 사람이 잘 협조해서 일을 진행하라고 말한 뒤 먼저 회의실을 나갔다.

엘리베이터를 타고 내려오며 나는 큰 건물 짓는 것은 정말 대단한 일이라고 최 전무에게 말했다. 나중에 협조 받을 것이 있으니 좋은 인상을 주고 싶었고, 혹시 그가 나를 적대시하고 있지는 않는지 그의 말투를 듣고 싶었기 때문이다.

"어유, 이거 사람이 못할 짓이에요."

그는 서글서글한 표정으로 내게 간단히 답한 뒤, 어딘가 전화를 걸어 약속에 조금 늦겠다고 정중한 말투로 사과하고 있었다. 수십 층짜리 건물을 짓자면 설계와 각종 인허가 업무, 인력 관리, 자금 운영 등 정말 일이 많고, 그 모든 것을 관리하는 사람은 골치 아플 일도 많을 것 같았다. 어쨌거나 매달 생활비를 받기로 하고 기본적인 협상 방안은 마련되었으니, 나는 한결 편한 마음으로 휴업 날짜를 기다리게 된 셈이다.

해질 무렵에 집으로 돌아오는 생활은 정말 오랜만이었다. 이 장사를 시작하고부터는 언제나 점심때 일어나서 오후 늦게 일하러 나갔기 때문에, 저녁에 집으로 돌아온다는 사실이 마치 다른 도시로 이사를 온 것처럼 새롭게 느껴졌다. 붉게 물드는 노을을 보며 집으로 돌아오기 위해서 하루도 빠짐없이 시내로 나갔다. 여행도 싫었고 서울의 저녁이 좋았다. 내 가게만 아니라면, 다른 모든 장소가 새롭고 낭만적이었다.

그해 가을과 겨울이 지나는 동안은 아무 일도 없었다. 태영과 연정이 결혼한 것이 유일하게 기억할 만한 일이다. 신혼여행지는 발리였는데, 하필 태풍이 오는 바람에 낮부터 호텔에서 계속 술을 마셔야 했던 점이 가장 힘들었다고 했다.

나는 쉬는 기간 동안 남들처럼 채광이 좋은 커피숍에 앉아 책을 읽으며 그간 블로그에 써왔던 일기를 정리해보려고 했다. 개업 한 달 전부터는 공사 준비를 시작해야 하므로 내게 주어진 자유의 시간은 5개월이었다. 그러나 이 기간에는 아무런 글도 쓰지 못했다. 멀쩡하게 일하던 사람도 놀게 되면 몸이 아프다. 처음 두 달간은 아무런 이유 없이 몸살이 나고 힘이 없고 하루의 반을 잤다. 그 후의 두 달 동안도 크게 다르지 않았다. 다만 많이 쉬었고, 이렇게 쉬지 않았다면 정말 큰 병이 나서 일을 못하게 되었을지도 모른다. 이놈의 팔자는 남에게 건물 보수공사를 시키고, 가게를 팔지 못하게 하고, 나를 강제로 쉬게 하면서까지 이 장사를 시키는 것이다.

20

아무 일도 없는 편안한 5개월이 지나갔다. 다시 개업을 하려면 최소한 한 달 전부터는 공사 준비를 해야 하는데, 건설회사로부터는 아무런 연락이 없었다. 건물 보수 마감 두 주일 정도를 남기고 건설회사 최 전무에게 전화해보니, 그는 다른 공사 때문에 올 수 없다며 공사 현장 소장과 협의하라고 했다. 그래서 현장 소장을 찾아갔더니 이번엔 공사의 구체적인 내용은 내부 공사 담당인 김 반장과 상의해서 진행하라고 했다.

상황을 짐작할 수 있었다. 내 가게는 그들의 관심 밖이어서 내가 요구하지 않으면 어떤 조치도 취하지 않을 것이었다. 김 반장은 아무런 결정권이 없어서 내 협조 요청을 다시 현장 소장에게 넘겼고, 현장 소장은 돈이 들어가는 부분에 있어서의 모든 협의를 거부했다.

간략히 내용을 설명하면, 그들이 준비한 공사는 본래 합

판으로 되어 있던 실내 벽을 가장 값싼 마감재인 석고보드로, 바닥은 콘크리트로 마감하는 것이 전부였다(콘크리트 위에 뭔가 바닥재를 덮으려면 그 전에 미장을 해두어야 한다). 전기와 수도 역시 선만 뽑아놓고 끝나는 식이어서 기술자들을 전부 다시 부를 수밖에 없었다. 결과적으로 인건비가 두 번 나가는 부분이 많았다. 사람을 새로 불러다 써야 하니, 그 상태에서 개업 공사를 이어받으면 돈이 모자라 개업도 못할 것 같았다. 내가 망치 들고 나서서 돈을 아낀다고 해도 두 주일 안에 개업한다는 것은 기적이나 다름없었고, 건물주는 정확히 건물을 사용하기 시작한 날을 계산해서 집세를 받을 것이었다.

발등에 불이 떨어지자 현실감각이 돌아왔다. 집으로 돌아오며 고민을 거듭했다. 몇 년 간 잘 벌 때도 있었지만 그 돈이 다 어디로 갔는지 모르겠다. 부채를 갚고 나서 반지하 단칸방을 탈출했지만 그 이후로 2, 3년간의 영업 부진이 이어졌다. 그게 전부다. 은행 잔고가 바닥난 것도 그리 이상한 일은 아니다.

내가 이번 공사로 예상했던 돈은 천오백만 원이었다. 그 중에 반은 융자금이다. 그렇게 마련한 돈이 내가 운용할 수 있는 전부였기 때문에 계획에 차질이 있어서는 안 되었다. 내 계획은 가구, 집기, 전등 정도를 들여오는 수준에서 공사를 마무리하는 것이었다. 목공, 전기, 페인트는 인테리어 공사에서 가장 돈이 많이 들어가는 부분인데, 나는 이것을 건설회사에서 해주는 것으로 믿고 있었다.

왜 일이 이렇게 되었는지는 S그룹 상무이사와 건설회사 현장 소장을 만나 다시 협상을 하는 과정에서 내막을 자세히 알게 되었다. 애초에 내 가게에 대한 모든 보상은 S그룹의 돈으로 하게 되어 있는데, 그 공사비를 건설회사에서 받아가기로 한 것이다. 그러므로 건설회사는 최대한 높은 견적을 작성해서, 실제로 공사하면서는 비용을 최소한으로 줄이고 있었다. 건물 보수 중에서 내부 시설에 대한 비용은 내가 직접 받아서 공사를 진행했어야 했다. 맨 처음 상담했던 건설회사 최 전무가 했던 말이 생각났다.

"사진하고 벽지 예쁘게 붙이고 꾸미는 건 저희가 못합니다. 그 대신 벽하고 바닥은 전부 싹 다 깨끗하게 해드리겠습니다."

그가 말한 '깨끗하게'가 지금과 같은 결과다. 그 말을 내 입장에서 해석하면 '당신 가게를 수리할 돈이 있다는데, 그 돈을 우리가 받아서 최대한 이윤을 남기면서 협조해보겠습니다'라는 뜻이다. 그는 사기꾼이나 다름없었다. 새로 구매하는 모든 마감재는 가격과 상관없이 깨끗하다. 내가 건설회사의 인건비와 자재비의 부당함에 대해 조목조목

따지며 항의하자, 현장 소장은 전에 볼 수 없었던 강한 어조로 화를 냈다.

"왜 남의 견적을 가지고 이렇다 저렇다 말하는 거요? 본래 견적이 비싸면 안 하는 거고, 할 만하면 하는 거요. 왜 남의 견적 가지고 참견이요!"

물론 맞는 말이다. 내가 보상받는 사람이 아니고 경쟁업체라면, 그의 말이 옳다. 그런데 이 상황은 김 상무에게 불리하게 작용했다. 점잖고 너그러운 대기업의 윗사람에게 약간의 문제가 생겼다. 그룹 건물도 아닌 주변 상가의 작은 보상 건에서 비싼 견적을 받아들인 흠결을 남긴 셈이다.

"왜 이래요! 왜 큰소리를 내고 그래요! 그리고 카페 사장님은 이 공사에서 부족한 게 얼마요!"

갑자기 상무이사가 눈을 부릅뜨면서 목소리를 높였다. 그들이 해주는 공사의 견적에서 내가 문제 삼는 부분을 돈으로 하면 대략 육백만 원이었다. 금액을 말하자 그는 단 1초만에 문제를 해결했다.

"S그룹 사옥 공사에서 그깟 육백만 원 때문에 해결이 안 된다고 여기까지 와서 언성을 높인단 말이요? 그 돈 카페 사장님 드릴 테니, 앞으로 남은 공사는 사장님 돈으로 알아서 다 하시오!"

처음부터 건설회사 때문에 손해를 보게 된 나로서는 그 돈을 받아도 목공과 페인트 등 공사를 마감하는 과정에서 손해가 난다. 그러나 추가로 보상을 받는 것은 현 상태에서는 확실히 반가운 일이었다. 그 돈이면 아쉬운 대로 개업 공사를 할 수 있었다. 현장 소장은 아무 말도 못하고 인상을 찌푸리며 얼굴이 벌겋게 상기되어 있었다. 나는 이 일로 인해 그가 얼마간의 부수입을 놓친 모양이라고 생각했다. 돈도 안 되는 귀찮은 일이라면 현장 소장으로서는 손을 떼고 싶어해야 정상이다. 그가 부수입을 챙겨서 쓸 곳을 이미 생각해두었으리라 상상하니, 나도 어느 정도 마음이 누그러졌다.

돈 문제만 따진다면 S그룹으로서는 적절한 보상을 했다고 생각한다. 휴업 기간 동안 영업 손실을 보상했고, 어찌되었건 가게의 벽과 바닥과 화장실이 완성되었다. 다만 상무이사는 현장 소장의 비싼 견적을 왜 그대로 받아들였는지, 그리고 내게 지급할 추가 비용을 어떻게 단번에 결정할 수 있었는지의 의문이 남는다. 그는 처음부터 내 가게의 보수공사에 있어서 일이 효과적으로 진행되고 있는지에 대해서는 관심이 없었다. 오직 문제를 해결하는 능력자의 역할을 맡고 있었는데, 그런 면에서는 적임자였다. 그러나 그날 그토록 쉽게 추가 공사비를 받을 수 있었던 것을 고려한다면, 내가 받아내야 할 돈을 충분히 받지 못했다는 의심을 지울 수 없었다.

모든 협상이 끝났다. 받아야 할 보상 범위와 비용에 대한 궁금증이 해결되자 근심은 사라지고 해야 할 일들만 남았다. 어쨌든 자금에 여유가 있는 것은 아니었으므로, 맨 처음 개업 당시 공사를 담당했던 후배 박 실장에게 다시 도움을 청했다.

"지난번에 했던 걸 이번에 왜 못해요? 당연히 할 수 있죠."

맨 처음 개업 때와 마찬가지로 이번에도 인건비의 절반은 돈으로, 그리고 나머지 반은 공짜 위스키로 지불되었다. 처음 하는 공사가 아니었으므로 일은 일사천리로 진행되었다.

"애 엄마가 퇴근하기 전에 일 끝내고 가면 돼요. 딸내미 저녁 해줘야죠. 오늘은 동태찌개 끓여야지."

그는 최근에 별로 일이 없다고 했다. 아내가 출근하면, 자신이 집안 살림과 일곱 살짜리 딸의 식사를 챙겼다.

"오후 4시에는 퇴근해야 돼요. 그 대신 새벽에 좀더 일찍 시작하죠. 엊그제는 우리 딸이 저보고 아빠가 존경스럽대요. 왜 그런 생각을 했냐고 물었더니 뜨거운 음식을 너무 잘 먹어서 그렇대요. 그것 말고 내가 존경받을 만한 부분이 뭐 없나 생각해봤는데, 진짜 없더라고요. 그래서 동태

찌개나 끓이고, 뜨거운 걸 더욱 잘 먹는 아빠가 되기로 했어요."

나는 후배가 예전보다 훨씬 마음에 들었다. 그도 마흔을 넘기면서 인생철학이 생긴 모양이다. 이번에는 가능한 한 거친 느낌으로 인테리어를 만들어보겠다고 했지만, 그러나 사람의 기질은 바뀌지 않는 법이어서 역시 그는 단정하게 각을 잡아 모든 것을 가지런하게 정리했다. 바닥에는 나무 타일 대신 매끈한 돌 타일이 깔렸고, 테이블 위에는 백열전구 대신 할로겐램프가 고급스럽게 불을 밝혔다. 불만이 생겨도 별 수 없다. 인건비를 술로 받는 기술자는 결코 구하기 쉽지 않다.

다시 공사가 시작되었을 때, 나는 처음으로 본래 기와지붕의 아랫면을 볼 수 있었다. 군데군데 흙이 떨어져나가서 당장이라도 떨어져 내릴 것 같은 기와도 놀라웠지만, 기와를 받치고 있는 목재들이 불에 검게 타 있는 것은 더 놀라웠다. 대들보 가운데 부분은 아예 숯처럼 되어 있었다. 내가 개업할 때, 이 근처에서 가장 오래된 업주인 김밥집 주인이, 옛날에 이 건물에 불이 난 적이 있다고 말했던 것이 기억났다. 불이 났던 자리가 장사가 잘된다고 하는 속설은 믿을 게 못 된다.

개업 공사를 거의 끝낼 무렵에는 옆 건물 상수도가 터지는 일이 있었다. 인건비를 아끼려고 후배와 함께 팔을 걷어붙이며 사흘 동안 고생해서 칠한 페인트가 녹아내렸다. 옆 건물에는 일본식 우동집이 고사를 지내다 문을 닫고 베트남 쌀국수집으로 바뀐 뒤, 이번에는 샌드위치 가게로 바뀌고 있었다. 편의점 주인이 말한다. "유럽식 샌드위치래. 처음 들어오는 브랜드인데, 웰빙이래. 여기를 체인점 본사로 해서 전국적으로 할 모양이야. 가게 주인은 젊은 친구고, 아버지가 아주 돈이 많은 사람이라던데?"

그 아버지가 얼마나 돈이 많은지는 모르지만 비슷한 사람을 전에도 본 적이 있다. 그는 예전 쌀국수집 공사할 때처럼, 내 가게 입구와 셔터에 페인트를 칠해주겠다고 했다. 똑같은 사기꾼이 하나 더 온 셈이다. 정작 가게 주인인 아들은 아버지와 달라서 순진했다. 샌드위치 가게의 상수도가 터진 것은 단순히 파이프 연결을 잘못한 때문이다. 그의 아버지가 너무 싼 값에 공사를 진행하다보니, 인테리어 업자는 인건비를 줄이기 위해 전문 기술자가 아닌 동네 잡부를 불러다 상하수도 공사를 했다. 가엾게도 순진한 아들은 그 사실을 몰랐고, 어이없게도 인테리어 업자를 고소하겠다며 도리어 내게 화풀이하는 식으로 대책을 설명했다.

후배 박 실장은 공사 중에 옆 가게 인테리어 업자와 이런저런 이야기를 나누곤 했는데, 그는 사업등록도 내지 않은 프리랜서라고 했다. 누수로 인한 보상 문제로는 연락을 해보았댔자 아무런 소용이 없다는 것을 모르는 것 같았다. 나는 이 샌드위치 가게 역시 오래 가지 못할 것이라는 의심과 바람을 동시에 갖게 되었다.

21

건물주는 그다지 공사에 신경 쓰지 않는 것 같았다. 건물 외벽을 마감하는 공사가 시작되던 날, 그는 S그룹 상무이사와 마무리해야 할 일을 상의하고는 일본으로 여행을 떠났다. 현장 소장과 김 반장이 일을 제대로 할 리가 없었지만 지붕과 건물 외벽은 내가 개입할 일이 아니었다. 내 돈으로 하는 공사가 아니어서 내 지시를 따를 사람들도 아니었다. 이 역시 S그룹의 돈으로 하는 공사여서 건물주는 집세만 받으면 된다고 생각하는 모양이었다.

그동안 내가 낸 집세만 해도 작은 아파트 한 채를 살 수 있는 돈이 된다. 나 같은 세입자가 셋 있는 옆 건물도 그의 소유이므로, 전체 액수는 몇 배로 늘어난다. 자본주의는 현대판 노예제도라고 하는 말을 실감했다. 내가 연중무휴로 술을 팔고 오징어를 굽고 바닥을 쓸고 닦고 좋은 손님을 골라내어 특별히 반갑게 인사하고 매주 토사물을 치우는 동안, 건물주는 그 많은 돈을 받아 무엇을 할까 궁금했다. 그래도 10년 동안 집세를 올리지 않은 건물주는 좋은 사람이다. 그는 내가 개업한 지 3년째 되는 해에 풍을 맞아 죽을 고비를 넘긴 후로, (무슨 깨달음이라도 얻었는지) 한 번도 집세를 올리지 않았다. 건물에 비가 조금 샌다고 한들 그것이 무슨 상관인가? 건강하게 오래 사시길!

그 결과로 오래된 건물의 고질적인 문제가 되풀이되었다. 건설회사는 예외 없이 건축자재를 아꼈고, 당연히 건물 외벽의 작은 구멍들을 막지 않아서 고양이가 다시 들어왔다. 내가 직접 막아보려고 했지만 구멍이 한두 개도 아니고, 한쪽 지붕 아래는 아예 지붕과 처마 사이가 떠 있는 부분도 있었다. 고양이가 어느 틈으로 들어오는지 확인할 수 없었다.

그 고양이는 몇 살이나 먹었을까? 올해 낳은 새끼들은 몇 년 전의 새끼보다 성격이 훨씬 난폭해서 단 한순간도 가만히 있지를 못한다. 어떤 날은 천장 위의 낡은 기와가 부서지는 소리도 난다. 아마도 다른 고양이가 와서 새끼를 낳았거나, 그렇지 않으면 누군지는 몰라도 아버지의 성격을 이어받은 모양이다. 그런데 왜 항상 내가 앉아 있는 카운터 위 천장에 새끼를 낳아 기르는 것일까? 밤늦도록 목소리가 들리는 곳이어서 그런 걸까? 고양이는 사람이 키우는 동물이긴 하지만 사람 목소리를 좋아한다는 말은 들어본 적이 없다. 어쨌거나 이번에는 어떻게든 이 성가신 것들을 처리해야겠다고 마음먹었다.

인터넷에 검색해보니 구청에 동물 처리 전담반 같은 것이 생겨서 전화로 신고만 하면 골칫거리를 없애주고 있었다. 한편 반대하는 목소리도 있었는데, 구청에서 동물을 잡아가면 무조건 안락사 시킨다는 것이다. 나는 유난스런 동물 사랑에 대해서 코웃음을 쳤다. 과거에도 천장 위에서 새끼가 죽는 바람에 자연의 잔혹함에 몸서리를 치지 않았던가.

그들은 다시 내 영역을 침범했다. 나는 이제 막 새로 꾸민 가게의 인테리어를 더럽히는 행동을 결코 묵과할 수 없었는데, 정말 운이 좋은 것인지 나쁜 것인지 어느 날 가게 뒷골목으로 전구를 사러 가다가 새끼 고양이 두 마리와 눈이 마주쳤다. 고양이들은 내 가게 처마 밑 어디론가 들어가기 위해 옆 건물 뒤 계단참을 오르다가, 나를 보더니 동작을 멈추고 나란히 앉아 있었다. 내가 다가가서 겁을 주려고 쉭쉭 소리를 내고 덤벼드는 척을 했지만, 이것들은 도망은커녕 미동도 하지 않고 나를 빤히 바라보고 있었다. 그래서 이번에는 정말 잡으려고 천천히 다가가서 손을 내밀었는데 그래도 도망가지 않고 가만히 있었다. 내가 천장

아래 살고 있는 사람이라는 것을 알기라도 하는 것일까?

나는 여자도 아닌데 어째 마음이 이리 갈대와 같을까. 어린 것들은 하나같이 무력하고, 순진하고, 상황 판단을 전혀 못하고, 머리는 큰데 팔다리가 짧아서 마음을 송두리째 빼앗기지 않을 수 없다. 그러므로 이것들을 데려다 키우는 일만큼은 절대로 해서는 안 될 것이다.

새끼 고양이들과 눈이 마주치는 순간, 나는 절대로 구청에 신고할 수 없게 되었다는 것을 깨달았다. 이제 그들이 만드는 소음은 내가 감내해야만 하는 의무인 것처럼 여겨졌다(이래서 커뮤니케이션이 중요하다는 것이다. 서로 대면한다는 것 자체로서 가치가 있다. 나보다는 고양이 쪽에서 더 가치가 있었던 같기는 하지만). 계속 긁어대고 뭔가를 물어오고 뛰어다니느라 앞으로도 조금 시끄럽겠지만 당분간 천장 위는 그들의 공간으로 인정해주기로 했다.

영업 중에 천장에서 우당탕 소리가 날 때마다 손님들은 건물이 무너지는 것이 아닌가 하고 겁을 먹었다. 그러나 "천장 위에 고양이가 살아요"라는 설명에 이내 안심한 사람들은 술을 한 모금 더 들이켰다. 어차피 고양이는 무리지어 다니는 동물이 아니니까 얼마 안 있어 나갈 것이고, 그들이 자랄수록 소음은 준다. 이번엔 제발 죽지 말고 다 살아서 나가길!

여전히 비가 새고 있었지만 이번에는 나도 나름대로의 대책을 마련해두었다. 비가 새는 쪽 천장에는 아무런 전기 장치도 달지 않았고, 게다가 건물주가 10년 전에 내게 제안했던 대로, 공사하면서 배전반을 반대편 벽으로 옮겨 달았기 때문에 누전에 대한 걱정은 없었다. 비가 새는 천장의 한 곳에 아주 작은 구멍을 뚫어서 큰비가 오는 1년 중 며칠만 빗물을 받아내기로 했다.

22

경기가 점점 더 나빠지는 것 같았다. 어느 한 달이 현상 유지를 하는가 싶으면 그다음 달은 여지없이 손해가 났다. 가게는 한가했고 취객들의 말썽도 줄어들었다. 모든 것이 한결 깨끗하고, 더 조용하고, 더 따분했다. 지저분한 낙서, 부잡스럽게 떠들며 깔깔대는 여자들, 바닥에 술을 쏟고 땅콩을 흘리고 그 위에 메뉴판을 떨어뜨려 밟는 아저씨들이 그립기까지 했다. 언제부터인지 모르고 이유도 모르겠지만 지금의 손님들은 옷을 더 잘 입고 머리도 더 단정하고 다들 비슷비슷해서, 록 동호회 사람들 같은 지독한 개성과 음악에 대한 욕심은 없었다. 얼굴이 벌게진 사람도 거의 없고, 불결함도 더 적고, 웃음소리도 더 작고, 오직 말싸움만 여전했다.

〈슈퍼스타K〉나 〈나는 가수다〉 같은 프로그램들이 인기였고, 사람들은 모두 발라드를 좋아했다. 큰 볼륨으로 10년 넘게 음악을 틀은 때문인지 그 당시에는 나 역시 록 음악에 지쳐 있었다. 손님들의 신청곡과 더불어 발라드의 비중이 높아졌고 볼륨도 한결 조용해졌다. 그렇다고 로큰롤을 틀지 않았던 것은 아니다. 여전히 데이비드 보위의 음악이 나오고 벽에는 롤링 스톤스의 액자가 붙어 있다. 하지만 뭔가 분위기가 달랐다. 처음 개업할 당시가 맥주와 그런지 록의 시대라면, 지금은 칵테일과 발라드의 시대다. 똑같은 장사를 하고 있지만 지루한 시절이었고, 가끔 찾아오는 세한이나 태영과의 대화를 제외하면 기억에 남아 있는 일이 그리 많지 않다.

물론 말썽거리가 전혀 없진 않았다. 바뀐 분위기 때문에 좋아하는 가게를 잃었다고 생각한 헤비메탈 팬들은 떠났다. 몇몇은 나를 변절자라고 부르거나 또는 고분고분하게 사회에 길들여지고 있는 것이라 평가하는 등 숨김없이 감정 표현을 하는 식이었다. 바뀐 가게의 인테리어 역시 보수적인 취객의 반발을 샀다.

"가게가 많이 바뀌었네요?"

"네, 그렇습니다."

"언제 이렇게 바뀌었어요?"

"2년 정도 되었습니다."

"내가 그렇게 오래 안 왔나? 그럴 리가 없는데?"

나는 이 공사를 내가 하고 싶어서 한 것이 아니라고 설명했다.

"어쩔 수 없었어요. 건물이 너무 오래되어서 붕괴 위험이 있다고 해서요."

"뭐라고요? 단지 그런 이유만으로요?"

그의 불만은 분명했지만 내 설명을 제대로 듣고 있었던 같지는 않았다. 때로는 내가 돈 맛을 본 것이라고 착각한 몇몇 취객들의 분노와 울분이 있었다. 볼륨을 더 크게 올리라고 카운터 앞에서 소리치며 화를 내거나, 화장실 거울에 가래침으로 지폐를 붙여놓기도 하고(그 지폐는 천 원짜리였다. 아마도 만 원짜리였으면 내가 발견하기 전에 누군가 떼어 갔을지도 몰랐다), 주문한 맥주를 테이블 위에 모두 부어놓고 나간 사람도 있었다.

어떤 손님들은 음악보다는 추억을 찾아 이곳에 온다. 올해는 엘피 레코드를 배경으로 기념사진을 찍자는 손님의 부탁이 세 번이나 있었다. 10년 전엔 그 따위 사진은 아무도 찍지 않았다. 나는 마치 민속촌에서 관광객과 함께 사진 찍는 포졸이라도 된 것 같은 기분이었다. 그래도 민속촌의 포졸은 관광업이 본업이지 않은가.

가끔은 잊을 수 없는 추억을 남긴 손님이 찾아온다. 경기가 나쁘고 가게가 한가한 때문일까. 날파리가 가게를 찾은 것이 그 당시였다.

"안녕하셨어요? 오랜만이죠?"

정말 오랜만이어서 기억을 더듬느라 잠시 그의 얼굴을 바라보았다. 그리고 곧이어 드는 생각은 8년 전에 그가 외상으로 마신 위스키 한 병이었다. 그는 예외적으로 조금 비싼 외국 맥주를 주문했는데, 외상값은 으레 기억 못하는 듯했다. 하지만 그 돈을 받아낼 욕심이나 엄두는 나지 않았고 오히려 너무나 오랜만이라 어느 정도는 반가운 마음이 들었다. 물론 그의 징크스를 잊을 수 없기 때문에 진심으로 환영할 수는 없었다.

"잘 지내시죠? 이렇게 한 자리에 오래 계시니까 다시 만나게 되네요."

내가 알기로 그는 번역가, 일러스트레이터 등 여러 직업을 전전했고, 마지막으로 만났을 때는 신촌에서 작은 술집을 운영하고 있었다.

"그 술집은 오래전에 그만뒀어요. 요즘 다시 엘피 바에서 일해요. 부천에서요. 라이브도 하는데, 제가 공연을 하는 건 아니고요."

계속되는 불황과 유행의 변화 때문에 오래된 술집들이 문을 닫고 있었지만 다른 한편에서는 엘피 레코드를 트는 새로운 술집이 생겨나고 있었다. 나는 당시에 다른 술집으로 음악을 들으러 가는 일이 거의 없었기 때문에 소위 '엘피 바'라고 불리는 곳에서는 정말 엘피 레코드로만 음악을 트는지가 궁금했다.

"그럴 리가 있나요. 신청곡 받으면 컴퓨터로 틀기도 하죠. 사실 우리 가게는 엘피 판은 전시효과고요, 공연 안 할 때 그냥 판 한 장 걸어놓는 때가 많아요. 그런데 일요일인데도 여기는 손님이 꽤 있네요?"

그런 대화를 할 때까지만 해도 분위기는 나쁘지 않았다. 그러나 날파리가 누군가. 그의 징크스는 깨지지 않았다. 가게 안팎을 들락거리며 큰소리로 다투던 커플이 돈을 안 내고 도망 가버리질 않나(이 문장은 47,000원짜리다), 노숙자가 두 번이나 들어오질 않나, 날파리를 포함하여 그 날 찾아온 거의 모든 손님들이 딱 한 잔씩만 마시고 갔다. 손님은 많은데 매상이 현저히 낮다. 물론 공정하게 말하자면 이런 일들이 그의 책임은 아니다. 징크스라는 게 우연의 일치이지 그 사람의 죄는 아니지 않은가. 그런데 날파리는 자신의 징크스를 알기라도 하는 것일까. 돈을 내지 않고 나간 사람이 있다는 말을 들은 그의 반응은 매우 특이했다.

"뭐라고요? 아이, 왜 하필 오늘이야?"

손님들이 모두 돌아간 뒤, 아주 잠깐 동안이지만 내가 걸어온 길을 돌이켜보았다. 이 장사를 시작할 때 나는 사업성에 대한 판단 능력이 없었고, 또 어려서부터 음악에 대한 잘못된 상식을 듣고 자랐다. 디제이는 카리스마가 있어야 된다는 둥, 록은 70년대가 최고라는 둥, 3대 기타리스트가 누구라는 둥, 각자 자기가 좋아하는 음악을 최고라고 말했다. 나는 그들, 비평가와 레코드 가게 주인과 라디오 디제이들이 전하는 모든 말을 그대로 믿었다. 그러나 오래전부터 나의 목표였던 대한민국 최고의 디제이가 되겠다는 환상에 벗어난 지금, 나는 내 문제를 곰곰이 생각해봐야 했다. 부조리한 사회에 한 방을 먹인다는 기분으로 록 음악을 트는 멋진 디제이, 그리고 오직 살아남기 위해 버티고 있는 자영업자, 나는 그 둘 사이에 끼어서 옴짝달싹 못하게 되어버린 것이다.

수십 번도 더 했던 고민이지만 왜 이 장사를 계속하고 있는지 이유를 알 수 없다. 자질구레한 일로 바쁘면서 그리 대단치 않은 하루가 지나간다. 어제와 똑같지는 않지만 특별할 것도 없다. 부자가 될 수도 없고 인생이 달라질 만한 사건이 생기지도 않는다. 이제 가게 문을 닫고 집으로 돌아가면 소파에 앉아 텔레비전 앞에서 꾸벅꾸벅 조는 일만 남은 것이다. 이럴 때마다 아직 의욕이 있을 때 이 장사

말고 뭔가 돈이 되는 다른 일을 찾아봐야겠다는 생각이 든다. 그러면 현관문이 열리고, 영업 마감 시간에도 내쫓기지 않을 만한 단골이 나타나서 약간의 고민이나 외로움을 안고 술을 마시러 온다.

23

오랜만에 DK 아저씨가 왔다. 나는 안 그래도 그를 만나고 싶었다. 지난달에 그의 제과점이 문을 닫았기 때문에 어찌 된 일인지 무척 궁금했다. 그러나 기분 좋게 취해서 흥얼거리는 사람에게 왜 폐업을 했느냐고 물어볼 수는 없었다. 그는 비틀스 노래를 따라 부르고 있었다. 가사를 계속 틀리긴 해도, 해외 근무를 오래한 사람이라 그런지 영어 발음이 좋다. 호기심은 잠시 접어두기로 했다.

"왜 요즘은 이런 노래가 나오지 않을까요?"

"하河와 강江이 어떻게 다른지 알아요?"

올해로 예순넷이 된 그는 나보다 열아홉 살이 많다.

"모르겠네요. 하가 더 큰 건가요?"

"아니, 강은 곧게 뻗은 물이고, 하는 구부러진 물이에요. 그런 차이인 것 같아. 요즘은 모든 게 너무 빠르잖아. 굽이쳐서 흐르지 않으니까."

"저한테는 설명이 더 필요한 것 같아요."

"술도 익어야 맛이 더 나는 거지. 나 취했나봐. 좌우간 남자들은 수다를 떨어야 돼. 그래야 세상에 평화가 와."

"그건 또 무슨 말씀이세요?"

"그 말 멋없나? 난 멋있다고 생각했는데?"

그런 선문답을 10분 정도 한 것 같다. 그는 아들이 일본에서 며느리와 함께 요리를 배우고 있다며 자랑했고, 나한테는 빨리 결혼을 하라고 했다.

"결혼하세요. 결혼해."

나는 아무리 생각해봐도 결혼에 대해서는 잘 모르겠다고 대답했다.

"결혼하려면 말이야. 항복을 해야 돼. 졌습니다, 하고 두 손을 번쩍 드는 거야."

농담 반 진담 반. 그는 언제나 알 듯 모를 듯한 말을 했다. 손을 흔들며 노래를 따라 부르면서 재롱을 피우는 어린아이처럼 웃더니, 우리가 이런 음악의 분위기를 아는 마지막 세대일 거라고 덧붙였다. 나는 DK 아저씨보다 어리지만 비틀스를 듣는 데 있어서는 같은 세대라고 생각하고 있었다. 이어서 롤링 스톤스의 노래를 틀었다. 나는 이 노래를 틀 때마다 그가 조용히 따라 부르는 것을 보았기 때문에 당연히 좋아할 것이라 여겼다.

어느 날 저녁에
나는 앉아서 아이들이 노는 걸 지켜보고 있었지.
웃는 얼굴들을 볼 수 있었지만
나를 위한 웃음은 아니었어.
난 앉아서 지켜보며 눈물을 흘렸어.

돈으로 모든 걸 살 수는 없고
나는 아이들의 노래를 듣고 싶었지.
내가 들었던 건 오직
바닥에 떨어지는 빗소리뿐,
난 앉아서 지켜보며 눈물을 흘렸어.

어느 날 저녁에
나는 앉아서 아이들이 노는 걸 지켜보고 있었지.
그건 예전에 내가 했던 놀이인데
아이들은 새롭게 여긴다네.
난 앉아서 지켜보며 눈물을 흘렸어.

"이 노래는 정말 안 듣고 싶어."
DK 아저씨는 내게 왜 이 노래를 자주 트느냐고 물었다.
"안 좋아하세요?"

"좋아는 하지."

"그런데 왜 안 듣고 싶으세요?"

"이건 내 장례식에 쓸 노래야."

그는 나를 쳐다보며 웃었다. 나는 농담인지 진담인지 몰라서 적당한 대답을 찾기 어려웠는데, 늘 그렇듯이 그가 화제를 돌렸다.

"사람은 자유로운 고독을 즐겨야 돼. 여기, 맥주 하나 더 줘요."

역시 정확히 이해할 수 있는 말은 아니다. 평소에도 그는 개똥철학과 인생 경험의 경계를 술기운으로 흐리곤 했다. 내가 그에게 말했다.

"아까는 결혼하라고 하셨잖아요."

"물론 혼자는 못 살지. 그건 해결이 돼야 해. 그런데 그게 해결이 되고 나면, 내가 왜 태어났는가가 점점 더 중요해져."

몇 년 전 촛불 집회가 있던 날, 똑같은 말을 들었던 것이 기억났다. 그 질문은 한 번 시작되면 평생을 따라다니는 모양이다. 이어서 그는 내게 이 장사를 언제까지 할 것이냐고 물었는데, 나로서는 대답하기에 망설일 것이 없고 또 내심 기다리던 화제이기도 했다. 장사가 잘된다고 거짓말을 할 필요는 없었다. 대충 가게 분위기만 봐도 장사가 예전만 못하다는 것을 알 수 있었을 것이다. 그리고 이제는 나도 왜 태어났는지가 궁금하던 터였다.

“이 장사에는 미련 없어요. 뭔가 더 나은 일이 있으면 그때는 이 가게를 그만둬야겠죠. 흔히 하는 말로 인생에는 후반전이라는 게 있다는데, 제가 10년 뒤에는 뭘 하고 있을지 그건 정말 궁금해요. 제 인생이 이게 전부라면 너무 재미없잖아요?”

“인생의 후반전? 살아보면 뭔가 다른 게 있을 것이다? 그런 건 없어. 인생에는 후반전이라는 게 없어요. 나이 먹으면 아무것도 없어.”

그는 눈을 둥그렇게 뜨고 황당하다는 표정으로 말하다가 갑자기 웃음을 띠며 말을 바꾸었다.

“아니, 있어요. 있어. 나 같은 늙은이한테는 없지만 젊은 사장님한테는 있지. 젊은 사람들한테는 있어요.”

나는 이때 처음으로 내 인생에 더 이상 아무런 특별한 변화가 없을 수도 있다는 생각을 했다. 지금 이것이 전부인가? 그럴 수도 있고, 그렇지 않을 수도 있다. 그러나 그가 한 말의 의미를 새기자 나는 전신에 찬물을 끼얹는 듯한 기분이 들었다.

그는 농담도 진담도 아닌 호기심 어린 표정으로 말하고 있었다. 오히려 내게 아무것도 없다는 것을 감추려는 듯했다. 우리는 유치원에 다니는 어린이들에게 인생이 가혹하다고 가르치지 않는다. 그의 말은 마치 죽은 자가 내게 와서, 사람이 죽은 뒤에도 또 다른 삶이 있느냐고 묻는 것처럼 들렸다. 여전히 내 인생은 그와 다르다고 생각하고 있었지만, 한편으로는 동정도 연민도 아닌 묘한 동질감을 느끼고 있었다.

그는 내 희망을 없애버린 것 같아서 미안한 생각이 들었던 것일까? 안주머니에서 통장을 꺼내더니 내게 은행 잔고를 보여주며 말한다.

"이게 내가 가진 전부야."

통장에는 1억 9천이라는 숫자가 찍혀 있다. 이어서 내 장사는 어떠냐고 묻는다. 나는 장사가 갈수록 잘 안 된다고 대답했다.

"올해 안에 파세요. 내년 넘어가면 가진 거 금세 다 까먹어."

가게를 팔고 싶기도 하지만 싸게 팔고 나면 달리 할 일도 없지 않은가. 똑같은 장사를 다시 해야 하는 게 문제였다.

"몇 번 팔 기회가 있었는데 못 팔았어요. 한 번은 권리금 5퍼센트 더 받자고 하다가 못 팔았죠. 하긴 그 정도 못 깎는 거래가 어디 있겠어요. 앞으로는 그럴 땐 그냥 거래를 하려고 해요."

"아니, 아니, 그런 거 아냐. 그렇게 거래하지 마세요. 싸다고 팔리는 거 아냐. 가게가 마음에 드는 사람이 있으면 가격과 상관없이 들어와. 5퍼센트 때문에 못 팔았다고? 그거 아니에요. 살 사람이 가게가 마음에 들면, 깎아줄 5퍼센트는 내가 받아도 돼. 여기 사장님도 마음이 모질지는 못한 것 같아.

내가 부동산한테 2억이 아니면 못 판다고 했지. 그런데 누가 1억 8천에 사겠대. 사실 난 그거면 땡큐지. 그냥 팔고 싶어 죽겠는데, 그래도 그런 식으로 파는 게 아냐. 안 팔겠다고 하고 부동산 사무실에서 나왔어. 그런데 갈 데가 있어야지. 그날 비는 오는데, 탑골공원 처마 밑에 서서 왜 연락이 안 오나, 하고 핸드폰을 만지작거리면서 한 시간은 서 있었을 거야. 점심 먹고 나니까 전화가 오더라고. 1억 9천에 사겠대. 다시 부동산 사무실로 갔지. 그래도 2억을 받아야겠다고 버텼어. 결국에는 흥정이 안 돼서 도로 사무실 문을 열고 나오는데, 이젠 다 틀렸구나, 하는 생각이 들더라고.

바로 그때 누가 쫓아와서 날 부르는 소리가 들려. 돌아보니까 부동산 사람이야. 나한테서는 복비를 안 받을 테니 그 돈만큼만 깎아주고 거래를 하재. 나중에 세금 내고 이런저런 밀린 잔금 처리한 뒤에 남은 돈이 그거야."

그는 지난 3년 간 한 달에 이삼백만 원씩 손해를 봤다고 했다. 장사하는 사람의 말은 딱 반만 믿으면 된다는 것이 정설이지만 그렇게 계산해도 손해를 많이 본 것은 사실이다. 2억에서 5퍼센트면 천만 원, 노부부 둘이서 유럽 여행을 할 수 있는 금액이다. 그 정도면 한 시간 넘게 속을 끓이며 탑골공원 처마 밑에 서 있을 가치는 충분했다. 그는 대기업 임원 출신답게, 빵을 파는 데는 수완이 없었지만 협상에 있어서는 솜씨가 괜찮은 사람이었다.

"무조건 올해 안에 가게 파세요. 이 좋은 음반들 가지고 있으면 어딜 가든 잘할 수 있어."

DK 아저씨는 그 말을 남기고 일어섰다. 어쩐지 그를 다시 볼 수 없을 것 같다는 생각이 들었다. 내 고등학교 동창 하나는 예전에 경희대 앞에서 당구장을 하다가 망해서 손해를 많이 봤는데, 다시는 그 동네에 놀러가고 싶은 생각이 들지 않더라고 했다.

복도를 걸어 나가던 그가 다시 돌아와 멀찌감치 서서 외친다.

"아, 그 부동산 하는 사람, 성이 용씨더라."

24

홍보용 무료 잡지를 만들고, 안주 가격을 올려도 보고, 세트 메뉴로 가격을 내려도 봤지만 크게 달라지는 것은 없었다.

무료 잡지는 언젠가 연정과 함께 왔던 직장 동료들의 아이디어였다. 편집 디자인 일을 하는 그들이 제작의 전반적인 사항을 도와주겠다고 해서 시작한 것이다. 그런데 대부분 술자리에서 나온 이야기가 그렇듯이, 정작 일이 시작되자 각자의 호언장담은 흐지부지 흩어지고 나 혼자 잡지를 만들어야 했다. 경험과 예산 부족으로 편집부터 제본까지 모든 것이 엉성했다. 워드프로세서로 편집해서 A4 용지에 흑백 복사한 것을 반으로 접어 만든 매우 조악한 상태였다.

그나마 유머 코너가 있어서 소수의 손님들에게 인기를 얻었다. 필자들이 단골손님이었으므로, 개인적으로 아는 사람들끼리는 큰 반응이 있었던 것 같다. 영업에는 별 효과가 없었다. 손님들이 홍보용 잡지 때문에 더 자주 오는 것 같지는 않았다. 1년 정도 발행한 후에는 글감도 필자도 모두 부족해져서 발행을 중단했다.

새로 뽑은 직원들은 예전과 달랐고 일하는 스타일도 나와는 잘 맞지 않았다. 예전 직원들은 폴더 핸드폰을 썼기 때문에 자판을 보지 않고도 문자를 보냈다. 그러나 스마트폰으로는 화면을 쳐다보지 않고 카카오톡을 할 수 없으며, 때로는 스마트폰 속의 동물들을 키우느라 손님들이 술을 달라고 몇 번을 불러도 듣지 못했다. 몇 번인가는 '애니팡' 등의 게임에 초청한다는 직원들의 문자가 내 핸드폰에 뜨기도 했다.

연극배우 지망생인 한 학생은 키가 작고 앳된 얼굴이었다. 주변에서 아동극을 해보지 않겠느냐는 권유를 받았지만 정작 본인은 셰익스피어 같은 정극을 원했다. 그녀는 근무시간에 스마트폰을 쓰지 않았는데, 그 대신 셰익스피어 4대 비극을 단 한 권에 담았다는 책을 항상 펴놓고 있었다. 가끔은 내게 고민을 털어놓기도 했다.

"사장님, 인성 테스트 하는 프로그램이 어떤 게 있죠? 그냥 재미로 하는 것 말고요."

"갑자기 무슨 소리야?"

“전 잘 모르겠어요. 제가 어떤 역에 잘 맞는지, 어떤 캐릭터를 잘 소화할 수 있는지 알고 싶어서요.”

“글쎄? 본인이 평소에 가진 성격과 잘 어울리는 역할을 하면 되지 않을까?”

“교수님이 그러시는데, 연기할 때는 평소와 완전히 다른 사람이 되어야 한대요.”

“듣고 보니 그런 것 같네.”

“근데 친구들이요. 제가 가끔씩 아주 딴 사람 같다고 해요. 평소에 알던 것과 다를 때가 많아서, 저란 사람을 알다가도 모르겠대요.”

사랑과 관심을 받고 싶어하는 작은 영혼의 목소리였다. 그녀는 근무시간에도 셰익스피어의 희곡을 읽었다. 일하는 사람이 그래서는 안 된다고 잔소리를 하면 얼른 사과하고 책을 덮었다. 그러나 가게는 계속 한가해서 할 일이 별로 없었고, 일주일이 지나자 테이블에 앉아 다시 책을 읽기 시작했다. 두어 달이 지난 후에는 일하면서 책을 읽을 수 있어서 정말 좋다고 내게 털어놓기까지 했다. 근무시간에 책을 읽어서는 안 된다고 두 번이나 말했기 때문에 도저히 잊어버렸을 리는 없고, 아마도 나중에는 내 지시를 완전히 무시해버린 것 같았다. 하긴, 할 일이 없으면 그 시간에 뭘 하겠는가. 핸드폰으로 게임을 하거나 책을 읽거나 마찬가지다. 냉장고 문짝이나 의자 다리를 닦으면 되겠지만 그것도 하루 이틀이지, 서빙 하는 사람이 한 달 내내 먼지나 닦고 있는 것도 한심스러운 일이 아닐 수 없다. 아무튼 장사가 안 되면 가게 주인은 짜증이 는다. 이것만은 분명한 사실이다.

가장 최근에 채용한 직원은 나와 의견이 다를 때마다 눈을 똑바로 쳐다보며 시비를 걸어오기도 했다.

"입구 쪽 테이블은 왜 저렇게 배치해놨어요? 저건 죽은 공간이잖아요!"

어느 가게나 입구 맨 앞에 놓인 테이블에는 손님들이 잘 앉지 않는다, 또는 장사가 잘될 때는 테이블의 배치가 전혀 문제가 안 된다, 그런 내용들을 설명하다보니 내가 저조한 영업 실적 때문에 윗사람에게 업무 보고를 하고 있다는 기분이 들었다. 똑같은 임금을 지불하더라도 손님이 줄어든 가게의 주인은 권위를 잃는다.

나는 이 시기에 자칫하면 망할 뻔했다. 가게를 다시 오픈한 뒤로 이천만 원의 적자가 났는데, 계산해보니 그것이 직원 한 명의 월급과 맞먹는 금액이었다. 결국 그간 융자를 내서 월급을 주었다는 결론이 나자, 직원 한 명을 줄이고 내가 서빙을 해야겠다는 생각이 들었다. 물론 이 방법의 문제점은 현상 유지만 가능할 뿐이고 그간 쌓인 적자를 만회할 영업 전략은 못 된다는 것이었지만, 그래도 적자가 계속되는 것만은 막을 수 있는 방법이었다.

겨울 들어서는 내게 시비 걸고 훈계하던 직원을 해고하고 맨 처음 개업할 때처럼 직접 서빙을 시작했다. 물론 다음 달이면 월급 줄 돈이 모자란다는 이유로 해고 의사를 밝혔다. 그런데 해고당한 그녀가 오히려 내게 힘내고 열심히 하라는 위로의 말을 전해서, 나는 다시 한 번 아랫사람이 된 것 같은 느낌을 받았다. 어쨌든 일한 만큼의 월급은 주었고, 이만한 월급의 일자리는 그리 구하기 어렵지 않을 것이어서 큰 불만은 없어 보였다. 이제 직원은 일주일에 이틀만 쓰기로 했다.

개업할 때처럼 다시 서빙을 시작하자 이제는 내 나이가 적지 않다는 것이 조금 신경 쓰였다. 그래서 포도, 크래커, 방울토마토, 강냉이, 초콜릿 등 간단한 서비스 안주를 다양하게 준비해두었다. 손님들이 먹을 것에 신경이 팔려서 내게 신경 쓸 여유를 주지 말자는 것이었다. 태영은 이것을 마치 소매치기와 같은 수법이라고 했다. 소매치기 두 사람이 짜고, 한 명이 앞에서 다리를 건드려서 대상이 고개를 숙일 때 뒤에서 목걸이를 채는 식이라는 것이다. 물론 칭찬으로 한 말이었다. 적절한 비유였는지는 잘 모르겠지만 소매치기가 그런 방법을 사용한다는 것만큼은 그럴듯하게 들렀다. 태영은 새로운 서비스 안주 중 크래커에 카망베르 치즈와 청포도를 곁들인 카나페를 가장 좋아했다.

직원을 줄이자 일과 잠이 다시 내 하루를 점령했다. 맨 처음 개업 당시의 생활로 되돌아간 것이다. DK 아저씨가 알려준 공인중개사에게 연락을 해두었지만 가게를 인수하겠다고 나서는 작자가 없었다. 내가 권리금을 깎을 생각이 없다고 하자, 공인중개사로부터 가게를 파는 데는 시간이 좀 걸리겠다는 말을 들었을 뿐이다. 나는 탑골공원 앞에 서서 연락을 기다리며 속을 끓일 일이 없었다.

바에 앉은 단골이 마지막 잔을 비우고 나가면 대략 2시 반, 밀린 설거지를 해놓고 쓰레기를 치우는 데 대략 한 시간가량이 걸린다. 밤늦도록 바에 앉아 있는 단골들과 대화를 하는 날은 미리 마감 정리를 할 여유가 없으므로 퇴근이 더욱 늦어진다. 모든 일을 혼자 해야 하므로 일 처리가 더욱 더디다(희한하게도 혼자 한 시간 걸리는 일을 두 사람이 하면 30분이 아니라 20분 만에 끝난다).

모든 일을 마치고 나면 마지막 담배를 피워 물고 내일 쓸 물건을 주문한 뒤 거리로 나선다. 오래도록 반복해온 일과다. 그러나 거리는 예전과는 달랐다. 술에 취해 길에 누워 있는 사람을 거의 찾아볼 수 없다. 이제 새벽의 종로는 나이트클럽과 주점에서 나온 취객들로 북적이는 곳이 아니었다. 금요일 밤을 제외하면 택시들의 승차 거부도 거의 없다. 10년 전에 다섯 곳이던 나이트클럽은 한 군데만 살아남았고, 피맛골과 같은 골목 안의 주점들은 많이 사라졌다.

탑골공원 근처의 기와지붕 건물은 법으로 철거가 금지되어 있다지만 대기업들만은 예외였다. 시에서는 '사람 중심의 명품 도시 종로'라는 표어를 도심 재개발 공사 현장 현수막에 내걸었다. 그러나 주민으로서 느끼는 종로는 사람 중심이 아니라 건물 중심의 명품 도시가 되어가고 있는 중이다. 예전에는 극장, 서점, 음악과 술을 목적으로 나오는 사람들이 많았다. 지금의 종로는 놀러 나오는 사람보다 일하러 나오는 사람들이 더 많고, 밤거리는 더 한적하다. 술장사 하는 사람에게는 반갑지 않은 일이다.

그동안 나는 스스로 중산층이라 여기고 있었고, 때로는 장밋빛 상류층 생활을 꿈꾸기도 했다. 그러나 지난 몇 년 동안은 운세가 나빴다. 이번 가을에는 집주인이 바뀌면서 전망 좋은 오두막에서 나와야 했다. 내가 사는 별채를 철거하고 마당을 넓게 쓰겠다는 것이다. 전셋값은 폭등하고 있었다. 나는 상류층의 언저리에서 더 작고 더 비싸고 전망은 없는 반지하 연립주택으로 내려와야 했다.

그날도 가게로 나가기 위해 오후 4시쯤 집을 나섰다. 특별히 좋을 것도 나쁠 것도 없는 평범한 날이었다. 그런데 이상하게도 모든 것이 불쾌했다. 갚아야 하는 은행 융자와 오르지 않는 매상, 매일 쓰고 있지만 아무 매력도 특징도 없는 문장들, 그런 것들이 마치 궤양처럼 끊임없이 나를 괴롭히고 있었다. 3년 전만 해도 통장에 돈이 있고, 장사도 나쁘지 않고, 일요일이면 여자 친구와 드라이브를 나가는 별 걱정 없는 생활이었다. 그런데 왜 상황이 이렇게 나빠졌을까. 나는 그때와 똑같은 일을 하고 있고 특별히 잘못한 것도 없지만 모든 것이 달라졌다. 단골들의 대부분이 결혼을 하고 아이를 낳고 먼 곳으로 이사를 갔다. 별로 마음에 들지 않는 '요즘' 음악들이 계속 나오고, 물가는 오르고, 수입은 줄었다.

시내로 나오는 버스에 오르며 나는 그런 안 좋은 상황들에 대한 생각을 하고 있었다. 버스에는 북한산에서 내려온 등산객 십여 명이 타고 있었다. 그들은 대낮부터 막걸리와 땀 냄새로 버스 안을 가득 메우고 있었다. 나는 그때 그들이 마치 한 무더기의 곤충처럼 더럽고 흉측하게 느껴졌다. 그들은 내 평화로운 오후의 출근길을 망쳐놓고 있었다. 여기저기서 소리를 질러가며 어디서 내려야 하는지를 서로 묻고, 지나가면서 배낭으로 내 옆구리를 쳤다. 버스가 종로에 도착할 무렵에는 그중 한 아주머니가 뒷걸음질을 치며 내 발을 밟았다. 그런데도 사과는커녕 뒤도 돌아보지 않았다. 물론 그리 대단한 일은 아니다. 여기는 대한민국이고 늘 있는 일 아닌가.

버스에서 내려 거리의 사람들을 쳐다보았다. 담배를 피우며 습관적으로 침을 뱉는 청년, 귀청이 떨어지도록 길거리로 음악을 쏟아내는 옷 가게, 꽝이 없는 추첨으로 물티슈를 선물하겠다고 소리치는 핸드폰 가게 판매원, 심지어 종각 사거리에는 노란 조끼를 입은 아주머니들이 홍보용 종교 안내서를 들고 지옥에서 구원해주겠다고 나섰다. 나는 그 순간, 내가 술을 파는 사람이라는 것에 대해 다시 생각해보게 되었다. 옆집 샌드위치 가게는 아직도 망하지 않았다. 열심히 샌드위치를 만들어 파는 일만 하면 되는 것이다. 그가 남의 가게에 물바다가 나든 말든 무슨 상관이 있었겠는가.

누구나 단골 술집이 있다. 특히 그날의 마지막 술집은 아무 데나 가지 않는다. 자신이 이 술집에 왔다는 사실이 중요해서 가끔은 술집 주인에게 나를 기억하느냐는 질문을 하는 사람도 있다. 그날 초저녁에 온 한 증권회사 직원은 술을 주문할 때마다 "사장님, 나 기억하지요?"라는 말을 되풀이했다. 그는 특별히 기억할 만한 구석이 없는 손님이었다. 남들과 똑같은 양복, 똑같은 안경, 똑같은 머리 모양이다. 오직 다른 것은 법인카드로 마시는 날에는 안주를 시키고, 자기 돈으로 마시는 날은 안주 없이 가장 싼 맥주만 마신다는 점이다.

언젠가 그가 "우울한 날에는 술을 마시고, 술 마신 다음 날은 피곤하고, 그다음 날은 다시 우울해서 술을 마신다"고 했던 것이 기억났다. 나는 물론 그를 기억한다고 대답했으나, 그는 뒤를 돌아보며 자신을 기억하느냐고 다시 두 번을 반복해서 묻다가 의자에서 굴러 떨어져 일행들의 비웃음을 샀다. 증권회사 직원들은 퇴근이 빨라서 저녁 8시면 이런 행동을 할 수 있을 정도로 충분히 취한다.

두 시간 뒤에는 H그룹 부장으로 승진한 고등학교 동창생이 거래처 직원들을 데리고 왔다. 그중 한 사람 역시 "나 기억하죠?"라는 말을 계속 되풀이했다. 내 동창을 따라 서너 번 정도는 온 것 같다. 그는 의자에서 떨어지지는 않았지만 내게 똑같은 질문을 세 번 했고, 악수를 두 번 청했다.

일행 중 다른 한 사람은 얼굴이 크며 둥글둥글하고 커다란 몸집을 가진 남자였는데, 자신이 회원 관리에 얼마나 고생하고 있는지를 가게 전체에 들리도록 하마처럼 입을 벌리며 소리를 지르고 있었다. 다만 맥주도 하마처럼 입을 벌리고 들이켜서 아주 밉지는 않았는데 한편으로는 불쌍하다는 생각이 들었다. 그는 너무 많은 인간관계에서 오는 복잡다단한 문제들로 고민하고 있었다. 그의 큰 몸집을 보고 있자니, 몸을 쓰는 직업을 택하는 편이 나을 것 같다는 생각이 들었다. 몸에 에너지가 넘치는 사람이 머리만 쓰는 일을 하고 있기 때문에, 술 마시며 소리를 질러서 남는 체력을 쏟아내고 있는 것처럼 보였다.

그 하마 같은 친구는 팔을 휘두르며 소리치다가, 결국 컵을 하나 깼다. 내가 아는 스몰 토크의 방법은 단 한 가지다. 그저 아무 말이나 해서 손님들에게 내 심리 상태를 알려주는 것이다. 따라서 내용은 어떤 것이든 상관없다. 인간은 감정의 동물이기 때문에 간단한 한마디 말로 상대방은 내 심리 상태를 파악한다. 따라서 지금 당신에게 아무 문제도 없고 당신을 환영한다는 것을 알려주는 것이 핵심이다. 그것은 말투를 통해 전달된다. 컵을 깨고 난처해하는 그에게 나는 아무 말이나 한다.

"이 컵은 프랑스에서 공수해온 남대문 제품입니다. 그러니까 남대문 시장에 가야 있죠. 하지만 맥주회사 상표가 있는 저런 컵들은 제가 산 게 아닙니다. 주류회사에 연락만 하면 가져다줍니다."

서빙 하는 사람이 이런 말을 하면 컵을 깬 사람도 뭔가 말을 하게 되어 서로 난처한 기분이 사라진다. 술 마시는 사람을 이해해서라고 할 수도 있겠지만, 분명히 돈을 위해서 해야 할 일이고, 만일 그렇지 않으면 자선사업이다.

물론 쉽지는 않다. 지난주에 왔던 두 남자를 예로 들어보자. 정말 이해할 수 없지만 화장실에 갈 때마다 항상 둘이 같이 들어간다. 내 가게의 화장실은 남녀 공용이고 소변기 하나와 좌변기 하나가 있다. 남자 둘이 들어가게 되면 둘 중 한 사람은 좌변기를 이용한다. 술 취한 남자가 좌변기를 깨끗이 사용하기는 어렵다. 테이블로 돌아온 그들은 마시지도 않을 얼음물을 달라고 하고, 서로 틀렸다고 욕을 하며 소리를 지르다가 입도 안 댄 얼음물은 테이블에 엎지른다. 그리고 카운터로 와서 법인카드로 계산한 뒤 점잖은 목소리로 잘 마셨다는 인사를 한다.

이 손님들이 나중에 다시 왔을 때, 그래도 반갑게 맞이할 수 있을까? 장사꾼의 마음은 누구나 같다. 이런 손님이 찾아오면 경멸을 숨기며 겉으로 웃고, 속으로 업신여기고 미워하다가도 나중에 돈을 받는 순간에는 기뻐하며, 그 손님이 발길을 끊어도 크게 아쉬워하지는 않는다.

이렇게 쓰고 보니 마치 그날 내가 뭔가를 깨달은 사람이라도 된 것 같은 느낌이 든다. 하지만 현실은 그런 것이 아니다. 나는 그 당시 맨 처음 장사를 시작하던 시절의 초심으로 돌아갔는데, 그것은 장사 경험으로 얻은 인생철학에서 비롯된 것이 아니었다. 정확히 말해서 내 스스로 초심으로 돌아간 것이 아니라, 그 당시의 나빠진 상황이 나를 초심으로 되몰았다.

연중무휴의 노동으로 잃은 어금니가 내게 휴일의 진정한 가치를 알려주었듯이, 재개업 이후에 누적된 적자는 손님의 의미를 다시 확인시켜주었다. 돌이켜볼 때, 내가 하는 일에는 크게 달라진 것이 없었다. 그러나 분명한 것은, 나는 더 이상 손님들을 침입자처럼 바라보지 않았다. 그들을 미워하지 않았고, 예전보다 단순한 생각을 가지고 일했다.

25

손님이 늘면 말썽도 는다. 가게가 점차 바빠지기 시작한 지난겨울의 핵심어는 술 취한 아줌마였다. 본래 다들 막차로 찾아오는 곳이지만 지난겨울에는 유난히도 여성들이 말썽이었다. 불도 안 피운 난로 앞에 몇 분씩 손을 쬐고 서 있는가 하면, 코트 입고 가방 들고 계산까지 다 한 뒤에 서비스 안주를 달라고 계산대 앞에서 떼를 쓰기도 하고, 아직도 이 자리를 지켜줘서 고맙다는 인사를 연발한 뒤 화장실 집기 위로 넘어져서 쓰레기통과 세제 박스를 모두 뒤집어놓고, 나오자마자 다시 테이블을 붙들고 쓰러져서 맥주병과 컵을 모두 바닥으로 떨어뜨려 깨는 등 이루 말로 다 표현할 수 없다. 그러나 사람들의 만행을 '감히' 쓸 수 있는 이유는, 이런 일들은 고의적인 악행이 아니어서 말 그대로 사람을 미워하지 않고 죄만 미워할 수 있기 때문이다.

언제 어디든 사람이 모이기만 하면 말썽이다. 다시 흑자를 기록한 것이 이제 세 달, 지난 3년 동안의 손해를 메우려면 아직 한참 멀었다. 그래도 지금처럼 장사가 지속되면 망할 것 같지는 않다.

K는 최근에 단골이 된 30대 중반의 직장 여성이다. 그녀는 오늘 승진해서 회사 사람들과 축하주를 마시고 오는 길이라고 했다. 얼굴이 창백하고 어딘가 약간 흥분된 듯 불안해보였지만 정작 본인은 술이 모자란다고 여기고 있었다.

"오늘 좋은 날이거든요. 저녁 시간을 완전히 비웠다고요. 나보고 다 쏘라고 하더니, 그런데 10시에 다 갔어요. 택시 타고 가다가 차를 돌렸죠. 하얏트 나이트클럽 가려다가 이리 온 거예요."

처음부터 말이 좀 띄엄띄엄 했는데, 한 잔 마시고 나더니 점점 말투가 달라졌다. 그녀는 모든 대화에서 추상명사나 지시어를 너무 많이 사용하고 있어서 무슨 말을 하려는 것인지 도무지 이해할 수 없었다.

"그러니까, 좋은 날이긴 하죠. 그런데 대안이 없어요."

"대안이요?"

"회사에서는 그런 게 없더라고요."

"회사에서요?"

"아, 물론 상대적인 면이 있긴 하죠. 저도 그걸 모르는 건 아니에요. 외로워서요. 네, 같이 할 수 있는 부분이 있을까? 없어요. 그렇잖아요?"

나와 오늘밤 같이 있고 싶다는 뜻일까 잠깐 생각해봤지만 말도 안 되는 이야기였다. 더구나 그녀는 유부녀고 여섯 살 먹은 딸이 있다고 했다. 나는 대화를 이어가기 위해서 일단 그렇다고 대답했다.

"그러니까, 그런 차원에서는 내가 이해할 수 있는 부분이 있죠. 근데 나보고 어쩌라고? 전부 다 됐다고 그래, 씨발! 아, 죄송해요. 사장님. 헤헤."

"회사에서 말인가요?"

"그건 아니죠. 이 사회에서는 대안이 없잖아요? 안 되는 거죠. 나 이제 H그룹 차장이야, 씨발. 근데요, 자본주의에서는 안 돼요."

대략 기억나는 처음의 대화는 이런 식이었는데, 이후에 나눈 대화도 크게 다르지 않았다. 내가 이해할 수 있었던 내용을 정리하면, 그녀는 자본주의에 반대하는 H그룹의 외로운 간부급 직원이었다. 하지만 그녀를 비난하고 싶은 생각은 없다. 나는 록 음악의 상업화에 반대하는 장사꾼이니까. 그녀는 나와 잘 통하지 않는다고 말한 뒤, 혼자 춤을 추기 시작해서 바닥에 두어 번 넘어지고 나중에 컵을 하나 깨는 정도로 마감 시간까지 두 시간을 채웠다.

그 무렵에는 밤늦게 낯선 여자가 말만 걸어와도 무서웠다(술 취한 여자를 제압하는 유일한 방법은 예쁘다고 말해주는 것인데, 곧이곧대로 말하는 내 성격상의 문제 때문에 항상 그 수법을 사용할 수는 없었다). 어제는 열 명 남짓한 직장인들이 망년회 뒤풀이를 왔다. 나는 겁을 덜컥 집어먹고 다시 침입자를 대하는 느낌으로 그들을 바라보고 있었다. 취할 대로 취한 그들은 큰소리로 떠들며 테이블과 의자를 이리저리 직직 끌어다 붙이면서 다른 손님들의 편안한 주말 저녁을 망쳐놓을 태세였다.

한 시간쯤 지났을까? 이상하게도 더 이상 큰소리로 고함을 치거나 욕을 하는 사람이 없었다. 맥주를 주문하는 목소리도 친절했다. 이럴 리가 없다. 그래도 마음을 놓다가는 뒤통수 맞기 딱 좋다. 아니나 다를까. 안주를 만들고 있자니 빨간색 파카를 입은 덩치 큰 여자가 신청곡을 적으러 왔다. 그녀는 이제 세상에서 가장 길고 우울한 노래를 고른 다음, 내 팔이나 손을 끌어 잡고 마늘 냄새 나는 입김을 내뿜으며 지금 나오는 노래가 끝나는 즉시 틀라고 명령을 내릴 것이 틀림없었다.

그런 생각을 하다가 고개를 들어보니 그녀는 이미 테이블로 돌아갔고, 종이 위에는 내가 좋아하는 롤링 스톤스의 노래가 적혀 있었다.

이럴 리가 없는데? 그렇다고 마음을 놓고 방심할 내가 아니다. 자기 신청곡이 나왔다고 친구들에게 자랑하면, 그 즉시 동시다발적으로 그리고 순식간에 술맛 떨어지는 온갖 끔찍한 신청곡들이 쏟아져서 다른 단골들의 편안한 술자리를 망쳐놓을 것이었다. 아니나 다를까, 잠시 후에 한 남자가 배시시 웃으며 다가왔다. 나는 경계를 늦추지 않으면서 참을성 있게 그의 말을 기다렸다.

"맥주 세 병만 더 주세요."

실망스럽게도 그 말이 전부였다. 이어서 화장실이 어디인지를 물었을 뿐이다.

드디어 술 취한 아줌마가 어딘가 불안한 표정으로 내게 다가왔다.

"여기 지금까지 얼마예요?"

그들은 내가 그토록 기다리던 말도 안 되는 요구나 술값을 깎으려는 시도를 하지 않았고, 서비스 안주조차 달라고 하지 않았다. 시종일관 조용한 웃음으로 시간을 보냈고, 계산할 때도 잘 마셨다며 깍듯한 매너를 보였다. 뭔가 이상했다. 왜 아무런 사건도 벌어지지 않은 것일까? 열 명이 모였는데 개자식이 하나도 없다니, 대한민국에서, 아니 이 세상 술자리에서 그게 가능한 일이란 말인가? 마침내 그들이 모두 나가고 나자 무언가에 속은 기분이 들 정도였다. 정말 이상한 일도 다 있다. 누가 들어도 놀랄 만한 일이다.

그러고 보니 음악은 아랑곳하지 않고, 오직 육포 안주를 목적으로 오는 단골도 있다. 그들은 미모가 출중한 세 여성으로 개업 초기부터 대략 7~8년을 단골로 왔다. 몇 년 전부터 한 사람씩 결혼해서 가정을 꾸렸고, 지금은 다들 아이도 있는 것으로 알고 있다. 그중 가장 단골이었던 한 사람이 가게를 찾았다. 너무 오랜만이라 한눈에 알아보지는 못했지만, 안주 접시가 금세 비워지고 추가 주문이 들어올 때는 오랜 기억들을 모두 떠올릴 수 있었다. 술과 안주 이외에는 아무것도 내게 바라는 것이 없던 고마운 손님이다. 몇 년이 지났지만 술을 주문하는 자세에서 여전히 귀태가 났고, 예나 지금이나 그녀의 자존심은 자신을 알아봐달라고 애원하는 것을 허락지 않았다. 나는 한결같은 그녀의 자존심에 감동해서 이내 반가운 인사를 건넸고, 오늘은 육포를 서비스로 주겠다고 했다(다만 술값이 너무 많이 나와서 공짜 안주가 무의미해진 점은 조금 아쉬운 일이다).

계산을 치를 즈음에는 그녀에게 정말 귀한 사람이라는 칭찬을 해주고 싶었다. 그러나 손발이 오그라드는 표현을 할 수는 없어서, 그 대신 아몬드가 박혀 있는 큼지막한 초콜릿을 두어 개 건네며 웃는 것으로 말을 줄였다. 그녀는 초콜릿을 받아들고 기뻐하며 자주 오겠다고 말했는데, 그 말을 듣고 조금은 아쉬웠다. 자주 오겠다고 말하는 사람은 자주 오는 법이 없기 때문이다. 하지만 상관없었다. 집이 멀고 열 살 먹은 아이가 있는 여자는 술집에 자주 올 여유가 없다.

이렇게 오랜, 그리고 귀한 단골을 만나면 그간 서로 아무런 대화를 하지 않았음에도 정겹고 익숙한 편안함이 느껴진다. 나는 여전히 그녀들의 이름이나 직업과 나이를 모른다. 오래도록 내 가게에서 술과 안주를 찾던 사람이라는 것이 내가 아는 전부다. 그런 사람이 몇 년이 지난 후 다시 내 가게를 찾아오고, 그 사람이나 나나 예전과 똑같이 서로 해오던 각자의 일을 계속한다는 것이 이제는 감동으로 다가온다. 한 사람은 술을 마시고, 한 사람은 육포를 굽는다. 물론 음악도 튼다.

한 가게에 40년, 50년을 단골로 오는 손님도 있을까? 그 정도로 오래된 식당에는 가게 이름 끝에 '옥' 자가 붙는 경우가 많다. 우래옥, 평양면옥, 용금옥 등등.

전에 세한과 이런 이야기를 하다가 개업 30년 정도 되면 내 가게에도 '옥' 자를 붙여야 한다는 말이 나왔다. 그가 내게 제안하기를, 여기는 로큰롤을 트니까 '로큰옥' 아니면 믹 재거의 이름을 따서 '믹잭옥'이라고 하는 것이 어떻느냐고 했다. 그런데 30년간 여기서 계속 똑같은 일을 하다니, 생각만 해도 끔찍하다.

26

처음 가게를 개업했을 때는 이 자리에서 딱 3년만 하려고 생각했었다. 중간에 팔 기회가 몇 번은 있었다. 희한하게도 3년 터울이었다.

맨 처음 작자가 나섰을 때는 권리금을 조금 더 받으려다 놓쳤다. 그다음에는 장사가 너무 잘되어서 돈을 많이 준다고 해도 안 팔았고, 마지막에는 다시 경기가 나빠져서 내가 원하는 권리금을 내놓겠다는 작자가 없었다. 한마디로 장사가 잘될 때는 내가 팔고 싶지 않았고, 경기가 나쁠 때는 사겠다는 사람이 없었다. 생각해보면 지극히 당연한 일이다. 만에 하나, 세한이 내 가게를 맡아 라이브 클럽으로 운영했으면 어땠을까? 모르긴 해도, 세한이 이어받지 않은 것은 다행스러운 일이다. 아내와 곧 태어날 아이를 생각하면 그에게도 책임감이라는 것이 생기지 않겠는가?

지난여름에 서귀포로 내려간 조 화백이 감귤 밭이 딸린

펜션과 카페를 운영할 사람을 찾는다는 말에 내가 가면 어떻겠느냐고 물었다. 그는 오래도록 운영하던 록 바를 정리한다는 것이 정말 아쉬운 일이라고 단서를 달은 다음, 내가 와서 일을 도와주면 정말 좋겠다고 했다. 그 덕분에 나는 술과 담배에 찌든 가게에서 새벽까지 일하는 대신, 제주도에서 눈부신 햇살을 받으며 일어나는 명예로운 아침을 맞이할 수 있을 것이다. 다만 펜션 지을 자금이 조금 부족하다고 들었는데, 이 가게를 정리하면 내게 투자할 여유가 생긴다. 아마 이번 일이야말로 후배 박 실장이 제대로 실력 발휘를 할 수 있는 분야인 것 같았다. 무엇보다 후련하고 재미있는 것은, 드디어 내가 이곳을 떠나서 갈 곳을 알게 되었다는 점이다.

이 글을 마무리하면 이제 종로에서의 내 고생도 끝이 난다. DK 아저씨가 제과점을 팔고 떠난 뒤로 다시는 그를 볼 수 없었다. 춤 선생은 만일 가게 문을 닫게 된다면 꼭 연락을 하라며 몇 번이나 내게 악수를 청했는데, 맨 처음 그 말을 들은 것은 8년 전이고 마지막 들은 것은 2년 전이다. 전화번호도 모르고 지난 3년 간 두 번밖에 오지 않아서 문을 닫기 전에 그가 다시 들를지는 의문이다. 들리는 소문에 의하면 춤 선생은 요즘 홍대 앞의 어느 클럽에서 와이셔츠를 벗어 수건처럼 빙빙 돌리며 춤을 춘다고 한다. 나는 두 가지 측면에서 그 소식이 마음에 들었다. 그의 춤 솜씨에 약간의 발전이 있었다는 것과, 내 가게에서 그런 추태를 부리지 않았다는 점이다. 아마도 그는 나이를 거꾸로 먹는 모양이다. 세한이나 태영은 휴가 때마다 제주로 놀러 오겠다며, 내가 원하기만 한다면 서귀포의 펜션에서도 공연을 하겠다고 약속했다.

내가 가진 이야기는 여기까지다. 결국 내가 보았던 것의 반의반도 담아내지 못했다. 그저 작은 술집 주인이 전하는 소소한 흥밋거리가 되었기를 바랄 뿐이다. 나보다 훨씬 놀라운 경험을 한 장사꾼이 많을 것이므로 그들의 이야기를 듣고 싶다. 부분적으로는 술장사를 너무 낭만적으로 표현한 것이 아닌가 하는 염려도 있다. 어쩌면 누군가 이 글을 읽고 술집을 운영하는 것이 재미있는 일이라고 여길지도 모르겠다. 분명히 말해두겠지만, 거실에 앉아 소나기를 구경하는 것과 창밖에서 비를 맞는 것은 완전히 다르다.

몇 년 전, 롤링 스톤스의 공연 무대에서 폭죽이 터질 때는 연주자가 등에 불기운을 느낄 정도로 뜨거웠다고 한다. 카메라맨이 롤링 스톤스의 드러머에게 물었다.

"무대가 정말 멋지군요. 액션 영화의 한 장면 같아요. 영화 좋아하세요?"

그러자 그는 한숨을 내쉬며 대답했다.

“보는 건 좋아하지.”

27

누군가 가게를 보고 갔는데 일주일이 넘도록 연락이 없다. 그때 부동산 중개업자의 말로는 권리금을 천만 원 정도 깎으면 어떻겠느냐는 것인데, 일전에 들은 DK 아저씨의 조언도 있고 해서 나는 그렇게 할 수 없다고 대답했다. 그런데 오늘 오전에 어머니와 전화 통화를 했을 때 이런 일이 있었다고 전하자 어머니는 딱 잘라서 말했다.

"네가 아직 뭘 몰라서 그런다. 그럴 때는 못 이기는 척하고 파는 거야!"

어머니는 환갑이 넘도록 우유 대리점을 운영하다 은퇴하신 분이니 사회 경험이 DK 아저씨보다 적다고 할 수는 없다. 도대체 누구 말을 믿어야 하는지 모르겠다.

나는 이 글을 한가한 일요일, 영업이 끝나는 시각에 쓰고 있다. 지금 가게에는 저녁 내내 반값에 진 토닉을 마시는 여자 손님들 한 테이블뿐이다. 왜 반값이냐고? 보드카 토닉을 주문받았는데 마침 재고가 없었다. 그래서 진 토닉을 싸게 주겠다고 했다. 그렇다고 여자 셋이서 일요일 밤에 스물아홉 잔을 마실 줄은 몰랐다. 지금도 더 마시려고 다들 손을 들고 나를 쳐다보고 있지만, 그래도 기분은 좋다. 텅 빈 가게에 혼자 앉아 있는 것보다는 편안하고 여유롭게 마시는 사람들이 있는 게 훨씬 나을 테니까. 안 그랬으면 이런 에필로그를 쓸 수 없었을 것이다. 모든 술값이 지금의 반이라면 과연 우리 생활은 어땠을까 하고 상상해본다.

그러고 보니 실제로 술을 거의 반값에 주는 손님도 있다. 술집을 오래했지만 W만큼 술을 잘 마시는 사람도 보기 드물다. 누군가 매일 바에 와서 마시는 것이 계속되면 서로 친해지고 손님과 주인의 선이 점점 모호해진다. 바bar라는 것은 말 그대로 일종의 선線인데, 그 선이 손님과 주인의 경계를 만들어주고 있는 것이다. 그런데 어떤 손님이 매일 찾아와서 맥주 열 병 이상을 마시면 제아무리 냉철한 바텐더라도 손님으로만 대할 수는 없게 된다. 술값을 깎아주고, 가능한 한 그 단골이 오래도록 많이 마시기를 원하고, 그래서 술을 파는 주제에 그 사람의 건강을 걱정하며 집에 데려다주는 경우도 생긴다.

몇 년 전인가, W는 12시쯤 가게에 와서 인사도 없이 가장 안쪽 테이블에서 잠만 자다 갔다. 한 시간 정도는 잤는데, 술은 안 마셨고 인사도 없이 그냥 갔다. 그날 얼마나 마시고 왔는지는 물어보지도 않았다. 그의 별명은 심야 가구가 아닌가. 매일 워낙 많이 마시는 사람이라, 나나 다른 단골이나 으레 그러려니 했을 뿐이다. 주문도 안 하고 잠만 자다 갔지만, 중요한 것은 그것이 아니었다. 그는 기억력이 좋은 사람인데도 다음 날 가게에 다녀갔다는 사실 자체를 기억하지 못했다.

나는 그가 서른을 넘기면서 이제 한 번은 꺾일 때가 된 것을 알았다. 그 후로 마감 시간까지 마시는 날이면 내 차로 집까지 데려다주었다. 그런데 집에 데려다줄 때는 약간의 문제가 있었다. 나는 그를 내려주고 직진하는 방향이고 그의 집은 길 건너편에 있었기 때문에, 그는 항상 차에서 내린 뒤 8차선을 무단 횡단했다. 유턴해서 내려주려고 해도, 한사코 유턴을 두 번 할 필요는 없다며 그냥 내리곤 했다. 나는 매번 그가 길을 건너는 것을 확인하고 나서야 가슴을 쓸어내렸다. 횡단보도는 150미터쯤 멀리 있었고, 언제나 그는 거기까지 걸어가지 않았다. 새벽 2시의 도로는 한가했지만 그래도 항상 불안했다.

그날은 너무 취한 것 같아서 도저히 그냥 길을 건너게 할 수 없었다. 굳이 내리겠다는 것을 만류하고 유턴을 해서 집 앞에 차를 댔다. 그런데 잘 들어가라고 인사하고 출발하려다 보니, 그는 집 반대편으로 길을 건너고 있었다. 늘 하던 대로, 귀가 본능대로, 내 차에서 내린 뒤 8차선을 건너야 집에 들어갈 수 있다고 생각한 모양이었다. 철렁하는 느낌에 주변을 돌아보았다. 하지만 다행히, 그리고 늘 그렇듯이 도로에는 차가 한 대도 없었다. 얼른 유턴을 해서 뒤를 따라갔다. 서행을 하면서 창문을 내리고 어디로 가느냐고 외쳤다. 그는 내 얼굴을 보더니 "헤에, 사장님. 안녕하세요" 하며 꾸벅 절을 했다. 나는 다시 그를 태웠다. 그리고 이번에는 늘 내리던 곳에 내려주었다. 그러자 매우 익숙한 자세로 주위를 살피며 도로를 무단 횡단해서 집으로 들어갔고, 내가 이사를 해서 귀가 방향이 반대가 된 후에는 그를 집에 데려다주지 않았다.

그때보다는 조금 덜 마시는 것 같지만, 그는 여전히 술을 잘 마신다.

한 잔만 더 마실게요

어쩌다 보니 17년, 어느 소심한 디제이의 술집 운영 분투기

초판 1쇄 발행 | 2016년 10월 14일
초판 3쇄 발행 | 2019년 6월 14일

지은이 | 정승환
펴낸이 | 임윤희
표지 디자인 | 석운디자인
독자 교정 | 구둘레 김보람 정소민 정지은
제작 | 제이오

펴낸곳 | 도서출판 나무연필
출판등록 | 제2014-000070호(2014년 8월 8일)
주소 | 08608 서울 금천구 벚꽃로 30, 203동 807호
전화 | 070-4128-8187
팩스 | 0303-3445-8187
이메일 | woodpencilbooks@gmail.com
페이스북 · 인스타그램 | @woodpencilbooks

ISBN | 979-11-953470-8-7 03810

• 이 책의 국립중앙도서관 출판시도서목록(CIP)은 e-CIP 홈페이지(www.nl.go.kr/cip.php)와 국가자료공동목록시스템(www.nl.go.kr/kolisnet)에서 이용하실 수 있습니다.
(CIP 제어번호: CIP2016021591)